D－五人《ごにん》の刺客《しかく》

吸血鬼ハンター32

菊地秀行

本書は書き下ろしです。

目次

イラスト／天野喜孝

第一章　六つの道標《みちしるべ》

1

蒼い空に白い弦月《げんげつ》がかかっていた。

街道からかなり離れた左方《ひだりかた》に、農家らしい廃墟が見えた。〈北部辺境区《セクター》〉の北端――夏でも雪と氷河に覆われる土地だけに、冬の廃墟は半ば地中に埋めこまれる形で眠っていた。

裏手に小型の火力発電機らしい円筒がそびえていた。

「今夜はあそこで休むとするか」

手綱《たづな》のあたりから嗄《しゃが》れ声が流れた。手綱を持った左手がしゃべったのである。

騎手は――月光さえ恥じ入りそうな美貌《びぼう》の主であったが――答えず、しかし、馬首をそちらへ向けた。

内部《なか》はがらんどうに等しかった。天井も壁も上塗りが剝《は》がれ、露《あら》わになった構造材の間から夜空と月が望めた。ここしばらく雪は降っていない。

家財は家の主か盗賊が持ち去ったものだろう。

サイボーグ馬で内部まで乗りつけ、Dは馬をそのまま、南の隅に横になった。

「しかし、変わった男だの。どんなダンピールでも、動くのは夜、休むのは昼と決まっておる。人間らしく見せたいのかと思えば、そうでもないし」

左手の感慨は、今更ながらである。

元来、貴族と人間の血を受けたダンピールは、前者の特徴を色濃く帯びる。陽光燦々《さんさん》たる昼の行動を避け、異常な肉体的能力を発揮するのは夜をもっぱらとする。わずかに、真逆の――人間と等しい行動パターンを取るものもいるが、それは一種のコンプレックスの代償《だいしょう》であり、限りなく人間に近い魔性の哀しい〝見栄《みえ》〟と受け止められている。その中で、夜は眠り、昼に剣を奮い、またその逆も厭《いと》わぬDは、左手さえも認める〝異端児〟なのであった。

Dが眼を閉じてから数時間が過ぎた。

戸口の彼方から蹄《ひづめ》の音が近づいて来た。

それは戸口に到っても足を止めず、サイボーグ馬にまたがった長衣の人影となって、Dから数メートルの地点で停止したのである。背に長剣を帯びている。

白い月光がなお満ちる内部で、騎手は、

「Dか」

と言った。問いではない。単なるつぶやきだ――そうとしか聞こえない。

「〈神祖〉は六つの道標《みちしるべ》を残した」

返事を待たず騎手は続けた。

「それを辿《たど》っていけば、貴族ならぬ貴族への道が開けるだろう。だが、道標を守る者たちは手強いぞ」

それが聞く者の脳裡《のうり》に沁《し》みこむまで、騎手は待たなかった。

サイボーグ馬は向きを変え、戸口へと歩き出した。

二歩目で、

「名を訊こう」

とDが言った。

「戦闘士バレン」

姿は蒼《あお》い闇に呑まれた。

「聞いた覚えがある」

と左手から聞こえた。

「五十年も前に盛名《せいめい》をほしいままにした戦闘士だ。まだ生きていたか――しかし、声は若かったの」

「………」

「六つの道標か――〈神祖〉の奴、また余計なものを残しおって」

「貴族ならぬ貴族」

とDはつぶやくように言った。いま巡り合った男のことなど、忘れ果てたような風情である。

「あれかの？」

左手がつぶやいた。

「覚えているか？」

「おお」

左手は言いたくなさそうに言った。

「〈神祖〉が残した〝結果〟は、そのまま放置されたものもあれば、他の貴族が勝手に手を加えた場合もある。六つの道標は恐らく前者だ。これはちと厄介だぞ」

Dは答えない。最後の言葉を真実と認めたものか。

「だが、バレンの奴、なぜわざわざそれを伝えに来たのじゃ？　それよりも――どうしてここがわかったのか？」

「………」

「幸い、第一の道標はここから近い。こうなったのも、いやはや天の配剤かの」

声は上方へ流れた。Dが立ち上がったのである。

かたわらに寝かせておいた剣を背に落としながら、サイボーグ馬へと近づいた。

馬が激しくいないた。

「ほお、おまえに怯《おび》えておるぞ」

左手の声にも、どこか怯えがあった。

「わしはしばらく休む。ま、しっかりやれ」

数分後、凍てついた街道を、Dはさらに北へとサイボーグ馬をとばしていた。


ロイテンの村へと続く道へ入りかけたとき、街道の前方から蹄の音がやって来た。

ひと蹴りで、他の三倍は進む〝飛翔走法〟である。Dも馬を止めなかったが、カーブでわずかにスピードを落としたその前へ、どん、と舞い降りた。名前と異なり、空を飛ぶわけではない〝飛翔走法〟はジャンプに近い。

「無茶をさせよる――長くは保《も》たんぞ」

左手の声である。激しく喘《あえ》ぐサイボーグ馬を見たものか。

「あんたも〝道標〟探しかい？」

騎手はDよりも若く見えた。少年と言ってもいい。それでも、身につけた古い甲冑型の戦闘服や、腰の長剣はさまになっている。それなりに戦いのキャリアを踏んだものだろう。

ここで息を呑む気配があった。Dの顔を見たのだ。

「なんて――いい男だ。こりゃあ驚いた。これだけで、貴族じゃねえ貴族になってしまいそうだぜ。いかん、眼がくらくらする」

と、こめかみを揉んで、

「あんた、ひょっとして――Dか？」

「そうじゃ」

この返事にぎょっとして、恍惚《こうこつ》の霞《かすみ》は消しとんだらしい。男は激しく頭をふった。

「おれはライゾンてんだ。若いが、〈東〉ではちったあ名の知れた戦闘士よ。しかし、気がついたのはおれひとりだと思ってたのに、あんたみたいな凄腕とぶつかるとはな――やっぱりツイてねえや」

言葉の内容とは裏腹に、のけぞるように笑う姿は、ツイてないどころか実に楽しそうであった。悪い人間ではないらしい。

Dは無言で道を曲がった。

「おい、情《つれ》なくすんなよ。どうせ、最後は一騎打ちになるんだ。それまでは仲良くしようや。道標の番人は、えらく腕の立つのが揃《そろ》ってるらしいじゃねえか。一致団結して――」

背に当たる声が遠く去る前に、Dは冬枯れの木立ちの向うに点々と建つ人家の影を認めていた。

他の〈辺境区《セクター》〉と比べて、〈北部辺境区〉の村々は、防御柵で囲まれた地域が比較的少ない。貴族たちの不死身の細胞も極寒には活動が鈍るため、数が少ない上、貴族自身が出歩こうとしないのだ。それを〝北の平和〟と呼ぶ。

闇に沈んだ村を走り抜け、Ｄは西の岩山の手前でサイボーグ馬を下りた。

少し考え、五、六メートル離れた岩壁に近づき、その表面に左手を当てた。

そこを中心に三メートル四方の岩肌が茫漠《ぼうばく》と霞み、形を失い、じきに正方形の入口と化した。

青い光と通路が長々と岩の奥へと続いている。

左手を離すと、嗄れ声が、

「いかんな」

と来た。

その意味をどう取ったか、Ｄはためらいもせず、足を踏み入れた。

「〝道標〟のことを誰がいつ何処《どこ》で口にしたのかはわからんが――すでに稼働しておるぞ。従って、それに組み込まれた〝仕掛け〟もまた動き出す」

青い光に満ちた通路をＤは足音もたてずに歩いた。

一分ほどで広い空間に出た。

人間の世界なら「石室」或《ある》いは「玄室」と呼ぶだろう。

切れ目ひとつない石壁に囲まれているのは、中央に置かれた石棺であった。それは蓋《ふた》を斜めに立てかけ、無人の内部をさらけ出していた。

「遅かったの」

左手が呻《うめ》くように言った。

石室には寂寥《せきりょう》だけが充ちていた。

Dは石の蓋に近づき、表面の文字を読んだ。

「〝美しきセルジュ〟——セルジュ・シオドマク公爵夫人」

「そうじゃ。のっけから、とんでもないのに当たったの」

左手はひと息ついて、

「〝百の顔を持つ女貴族〟——空気内の妖分からして、ここを出たのは一時間と少し前じゃ。はて、どこの人込みに紛《まぎ》れたか」

すぐDは石室を出て、岩の出入口を抜けた。抜けると同時に、それは朧《おぼろ》にかすんで岩壁に戻った。

「捜さねばならんのお」

Dは村への道を辿りはじめた。

途中で森に入った。深いが広くはない。並みの脚力なら入ってから七、八分で抜けられる。

トンネルが迫って来た。木の枝が左右から差し交して天井を作っている。

Dが入ったその頭上に、革のコートをまとった女が下向きに貼りついていた。

右手に長いナイフを握りしめている。

Dが進むにつれて、女も前進した。貼りついた背中から手が出ているかのような滑らかな移動ぶりであった。枝は音もたてず、塵《ちり》ひとつ落ちなかった。

あと数分でトンネルを出る。

女が宙に浮いた。

殺意と狂気に血走った眼が、背の長剣にかかる黒い手を見たかどうか。

風を切る音に肉と骨を断つ響きが重なった。

血の花と悲鳴を続かせて、女は空中でとんぼを切るや二転三転――Dの前方に着地し、血の帯を何条にも引きながら逃亡に移った。

サイボーグ馬が地を蹴り――がくりと前へのめった。

女が逃げながらナイフを後方へ放ったのである。それは馬の右前脚を膝から切り離していた。

だが、このとき女が一度でもふり返っていたら、その眼は驚きと恐怖に極限まで剝《む》き出されていただろう。

馬は走った。通常と同じ速度と足取りで。

Dの手綱さばきが、失われた足など無かったもののごとく、尋常の走行を可能にしているのだった。

　距離は容赦なく縮まり、二十メートルに達した。

　道の前方に小さな光が見えた。

　近づいてくる。

「誰だ⁉」

　女が跳びこみ――

「あたしよ、助けて！」

「お、おまえ⁉」

「助けて！」

　女の絶叫がふくれ上がった。

「後ろに――貴族よ！」

「何ィ⁉」

　すでに光の向うに二つの人影が立つのをDは見ている。

　閃光と銃声が二度続いた。火薬長銃が火を吹いたのだ。

　Dはこうなるのを予見していた。光の主は村の夜間巡察員である。武器は対人用の火薬長銃と貴族用の杭射ち銃だ。深夜とはいえ、不審者の可能性は人間――夜盗の方が高い。

　この距離ならサイボーグ馬は軽々と頭上を越えて――行けなかったのは、やはり脚一本を失っていたためだ。

間一髪、横倒しにして弾丸を外し、Dは自分が倒れる前に跳躍した。

闇の中の黒衣の跳躍を光は捉え切れなかった。

音もなく人影たちの前に着地するや、刃の一閃——二挺の銃は銃身を元から切断されていた。

2

「ひええ」

「うわわ」

と震え上がったのは、毛皮の防寒コートをまとい、首から錆《さび》だらけのカンテラをぶら下げた男たちである。その右の方の鼻づらへ切尖《きっさき》を突きつけ、

「いまの女——何者だ？」

「そ、そういう、お、おめえは？」

歯をがちがち言わせながらの勇気ある問いは、一瞬、悲鳴に変わった。Dの刀身が鼻先を斬りとばしたのである。

Dの眼が血光を放った。男は噴き出る血も、鼻を失った痛みも忘れた。

「そ……村長の……娘だ。セルジュ……」

「村長の名字は？」

「シオドルだ」

Dは片方へ眼をやった。最初からすくみ上がっていた男は、もっとすくんで、

「ほ、本当だ」

と何度もうなずいた。

「家は何処だ？　家族は？」

「村の……三番通りの真ん中だ。広場へ行きゃわかる。家族は……村長と……セルジュと……兄貴のシャア……後は村長の女房と祖父さんだ」

二人の眼前からDは消失した。単に後じさりしたのが、そう見えたのである。黒衣と闇のマジックだ。

男たちがようやく顔を見合わせたとき、今度は軽々と頭上を跳び越えた騎馬は、蹄の音もたてずに闇に呑まれていた。


防寒用の目張りを貼ったドアを叩くと、少しして、

「どなたでしょう？」

中年女の声がした。村長の妻だろう。

「いま、娘が戻って来たはずだ」

「あ……あなたは？」

すでにセルジュから、夜の通りで誰かに襲われたと聞いていたのだろう。

Dはドア・ノブに右手をかけると、思い切り引いた。わずかな抵抗とともにドアは剝がされた。内側に鉄板を鋲《びょう》止めした分厚い樫《かし》のドアである。それも太さ十センチ近くある分厚い閂《かんぬき》付きだ。

女は立ちすくんでいた。恐怖のせいもあるが、頰が紅く染まっている——Dの美貌のせいであった。

Dはドアを横手に放り、内部へ入るや、右方の階段へと歩き出した。

ここへ来る途中で血痕は消えていた。衣類か何かで押さえたのか、当人に止血能力があるかだ。Dは、血止め不可能な一刀を奮《ふる》ったのだ。二階と踏んだのは、血止めをしても血臭は抑えられないからである。

「フリギッタ——どうした？」

「母さん」

村長と息子らしい声と足音が背後から駆けつけた。

殺気が、杭射ち銃を構えていると教えた。

「何だ、貴様は？」

「ハンターだ」

とまどう気配がして、

「それが――何してる？」

「娘に女貴族が憑《つ》いた」

「何ィ？」

村長が素っ頓狂な声を上げた。

「妹は夜光草を採りに出た。そして、血だらけで帰って来た。通りで襲われたと言ってる。貴様だな？」

「この時間――ひとりで外へ出したのか？」

「それは――最初は部屋にいたんだ。しかし、あまり花の光が美しくて、つい脱け出したそうだ」

「二階の窓からか？」

息子は沈黙した。

「これまでにそんな真似をしたことは？」

「ない――しかし……」

いきなり嗄れ声が、

「娘の名はセルジュ。女貴族の名前と同じじゃ。貴族の姓はシオドマク、おまえのところはシオドル――ひょっとしたら、生まれ替わりかも知れんな」

いきなり、とんでもない声調の変化にとまどったか、

「まさか——そんな」

という村長の呻きは、数秒後であった。

Dは階段を上がりはじめた。しゃべりながらそこまで移動していたのである。

「止まれ！」

村長が喚《わめ》いた。

「フリギッタ——上へ行け。セルジュを連れて来い」

Dは構わず昇った。

制止の声もなく、杭射ち銃が高圧ガスの発射音を放つ。

秒速二百五十メートルの木の杭を二本、Dは左手でまとめて握り止めた。それだけで父と息子は気死《きし》状態に陥《おちい》った。

廊下の右——その真ん中のドアの前で、Dは足を止めた。

二階へ上がる前から、若い女の泣き声が聞こえていた。いま、それははっきりとこのドアの内部《なか》から流出しているのだった。

「怯えておるのじゃな」

と左手が言った。

「おまえが怖くて、泣かずにはおれぬのだ。シオドマク公爵夫人ともあろうものが。しかし、

憑かれた娘は気の毒にな。一度憑かれたら、離れるのは自分が死んだときだけじゃ」

Ｄの眼がわずかに細まった。

ドアのやや上部に左の拳を叩きつけた。分厚いドアは蝶番《ちょうつがい》ごと室内へ倒れこんだ。

小卓の上にランプが点っている薄暗い部屋であった。

後はベッドと衣裳ダンスきり。そのベッドの上に、血まみれの屍衣を着た娘が横たわっていた。

〈北部辺境区〉のさらに辺境には、訪れる商人も数少ない。従って、死体用の屍衣は埋葬時に剝がされ、繕《つくろ》いの後で寝巻やパーティ・ドレスに転用される。

死んでいるのは一目瞭然だった。生者が死体に化けるのは不可能だ。筋肉も神経も生きているからだ。

娘には一瞬の視線を投げただけで、Ｄは窓の方を見た。

鉄のシェードが下りているが、死霊の妨げにはならない。

「憑依《ひょうい》は、公爵夫人でも相当に消耗する。だから一度憑いたら、滅多なことでは離れんのだが、おまえだけは別のようだ。おお、怖わ」

最後のひと言は、Ｄへの皮肉だったかも知れない。

部屋を出ると、入れ替わりに女房が部屋へ跳びこんだ。Ｄが階段を下りるとき、激しい泣き声が上がった。

Dは階下の居間で村長へ事情を話した。小さな村には治安官はいない。トラブルの解決を担当するのは自警団である。Dが下へ降りたときにはもう、六人ばかりが武器を手に待っていた。

ただし、居間には村長とDきりだ。

「セルジュの件はわかった」

と村長は暗い顔で言った。貴族に、悪霊に憑かれる――〈辺境〉では日常茶飯事だ。

「娘の話もおかしかったしな。――道標の件も了解した」

村長は俯《うつむ》いたまま、

「けど、何で今頃、急に？」

「道標のどれかを覚醒させた者がいる」

とD。

「ひとつが眼醒めれば、後の五つも同調する」

「しかし、六つの道標の先に貴族にはならぬ不老不死が待っているとは――これは〈辺境〉中から集まって来るぞ」

「そうはいかん」

「なぜだ？」

「道標を求める人間――〝選ばれし者〟はひとりだけと決まっている。誰が選ばれるか知っているのは、道標だけだ」

「あんたの他に、道標ひとつにひとりってわけか？」

「そうだ」

「どんな奴が選ばれるんだ？」

「さて」

「なあ、たとえば、おれがいまの話を聞いて、道標狙いに加わったらどうなる？」

「死だの」

いきなりの嗄れ声に、村長は度肝を抜かれた。

「なななな」

驚きの声がまとまらないうちに、

「わからん。だが、〝選ばれし者〟を選んだ存在は、選ばれぬ者の参加を許すまい」

とDが引き取った。氷のひと言である。村長は元に戻った。

「わかった。何もせんでおけということだな」

諦めたように眼を閉じてから、

「で、公爵夫人は娘から誰に憑いたんだね？」

「村の誰かだ」

「道標って、具体的にはどうなるんだ？」

「不老不死の秘密を携えて滅びた貴族じゃな。その身体の一部を集めるともうひとり、新しい貴族が出来上がる。それが最後の道標になる」

村長が、うお、と喚いた。また嗄れ声だった。

「最後の道標作りに失敗したらどうなる」

「不老不死の法は、また数千年闇に消える」

「なんて、不合理な現象だ。大体、道標が選ぶ人間なんて、道標に都合のいい奴に決まってる。不老不死が人間の手に入るなんて、最初からあり得ねえ。全部嘘っぱちじゃないのか」

「セルジュ・シオドマク公爵夫人は甦《よみがえ》ったわい。そして、おまえの娘に取り憑いた」

「必ず仇は取ってやるぞ、セルジュ」

村長――シオドル村長は、満面に黒い怒りを宿らせて呻いた。

呻きは途中で切れた。

遠く――居間ではなく破壊されたはずの玄関のドアが激しく叩かれたのだ。極寒の夜だ。五分も開け放しておけば住人は凍死する。すぐに建てつけたのだ。

「誰だ？」

と若い声が訊いた。村長の倅だろう。

ずっと小さな声で、

「ハギャナンだ」

村人のひとりであろう。村長が戸口へ出て行くと、

「息子が——パブロがおかしくなった」

と喚き出した。彼が入って来たとき連れて来た冷気のせいで凍てついた戸口は、すぐにぬくみつつあった。

五分ほど前、二十歳《はたち》の息子は急にベッドから跳ね起き、ガウンを摑《つか》むと、玄関から夜の世界へ飛び出していった。

気づいた両親が、どうしたと訊くと、ふり向いてにやりと笑った。

「その顔は倅のものじゃなかった。貴族の女の顔だった。真っ赤な唇から、こう牙を生やしてよお」

「何処にいる？」

「わからねえ。ただ——そうだ、おかしなもの持って出てっただよ」

「それは？」

「鶴嘴《つるはし》だ」

「そう言や、おめえさんとこは、今月の鉱山《やま》番だったな」

そこまで考えたが、そこから先が思い到らず呆然たる村長の前を、黒衣の影が戸口へと流れた。

「ど、何処へ行く？」

「鉱山に決まっとる。ついて来ると死ぬぞ」

嗄れ声がこう言い残して、ドアは閉じられた。

北の村の生計は農業ではなく、狩猟と鉱業が支える。冬に獲物を求めてうろつく単眼巨人《サイクロップス》や針　獣《ニードル・ビースト》のために、村人の誰かを囮にする狩猟法は、どの村でも常識であるし、村外れの鉱山から掘削機のモーター音が轟かぬ日はない。

掘削地へ入ってすぐ馬を下り、Dは山腹にずらりと並ぶ坑道の出入口に近づいた。あちこちに黒々と口を開いた坑道の多くが、すでに廃鉱と化しているのは、木の柵と『危険、近づくな』の立て札でわかった。

残りは三坑。Dは左手を上げた。

「右端じゃな」

ためらいもなくDは足を踏み入れた。闇が詰まっているが、Dには昼と同じことだ。

狭い坑道はそれなりに堅固な作りを示していた。

「柱も太いし深く打ちこんでおる。天井の支えも力学的にばっちりじゃ。しかし、何と言っても山に穴を開けるという無理な工事じゃ。いつ崩れるか、油断は禁物だぞ」

トロッコ用の鉄路も一本引かれている。入口にないのは、侵入者が使用したものだろう。

五分ほど進んだところで、かすかな掘削音が流れて来た。Dが耳を澄ませる様子もないのは、前から聞こえていたからだ。

「人力じゃの。しかし、凄いパワーじゃ。これは間違いなくシオドマク公爵夫人だの」

一瞬、音が熄《や》んだ。

「気をつけろ！」

左手の叫びと同時に、Dの周囲で風を切る音が続いた。

ケープが翻《ひるがえ》った。

弾きとばされたのは、数個の小石だった。砂利粒《じゃりつぶ》に近い。

それが音速《マッハ》を超えた速度で飛来したことは、ケープに命中したにもかかわらず、貫通孔が開いていることで明らかだ。何処に食らっても、人間ならひとたまりもあるまい。

Dは身を屈めて走った。

「来るぞ！」

恐らく、小石をまとめて投じているのだろう。五、六十詰まった散弾をぶっ放しているようなものだ。

Dは地に伏した。

右頬のすぐ横の地面に着弾した小石が土煙を上げ、破片が頬へ食いこむ。伏せたまま、Dは右手をふった。

新たな石塊の嵐の中を、それはひとすじの光となって走った。

苦鳴が上がった。Dの耳にのみ聞こえる声であった。

白木の針は目的を果たしたのだ。

次の疾走はたちまち終わった。

広い空間には、掘削用のドリルとクレーン車が並んでいた。どちらも旧型で、あちこちに修理の痕《あと》があった。剝き出しの電動機部分《エンジン》など、空いた穴を木の板と膠《にかわ》で塞《ふさ》いである。

前方の岩盤の前に、若い男が寄りかかってこちらを向いていた。右の胸が赤く染まっている。引き抜かれた白木の針は足下に落ちていた。Dが言った。

「パブロ・ハギャナンか？　いいや、シオドマク公爵夫人」

質問ではない。断定だ。

「よくここまで来たわね」

若者は貫禄たっぷりな女の声で応じた。

3

「道標はそこか？」

とDは訊いた。

「勘違いしていたらしいの」

左手の発言に、公爵夫人は若い男の顔で驚愕《きょうがく》した。

「道標とは、この女のことかと思っておったが、別か。女――おまえの役は、あれか？　道標が招いた者を殺害することか？」

「そのとおりよ」

パブロ＝公爵夫人は笑った。

「道標の果てにあるものは人間が手に入れてはならぬ品。そんなものを、〈ご神祖〉はどうして残す気になったものか」

「やはり、あいつか」

左手の声は凄味を帯びて嗄れた。

「道標は貴族の手では破壊できぬ。隠すつもりだったか？　無駄じゃ。〝選ばれし者〟はどのような手段を取っても捜し出し、手に入れる」

「いいえ、渡しはせぬ。このようにして、な」

パブロ＝公爵夫人は身体を左へ開いた。隠れていた岩盤は、いま開けたばかりの窪《くぼ》みを露わにした。

その中心から人間の右手が十本伸びている。腕もこちらに摑みかかるように曲げた指も、すべて石化していた。

「それが道標かの？」

「そうじゃ」

「では、こちらに貰い受けようかの」

「そうはいかぬ！」

パブロ＝公爵夫人は、石化した手首を摑んで引いた。

岩盤に亀裂が走る。

抜き取った刹那《せつな》、それは岩盤全体と天井まで広がった。

「落盤じゃ！」

左手の叫びと同時に、天井が崩れ、岩壁が倒れかかる。

数万トンの轟きと土煙が世界を埋めた。

Ｄは坑道を出入口へと走った。

前方――五十メートルほどのところを先行するのは、パブロ＝公爵夫人に間違いない。

「出入口には野次馬どもがいるぞ。この中で仕留めい」

嗄れ声より早く、Ｄの速度が増した。

白木の針が風を切る。

パブロ＝公爵夫人がのけぞった。身体は無垢の若者だが、Ｄに容赦はない。

血の筋を引きつつ、彼は走った。

前方に出入口が見えて来た。

内部にも人影がいた。そのひとつが、

「来たぞ！」

と叫んで横にのく。

出入口まで後二十メートル――逃亡者がよろめいた。力尽きたのである。

Dが跳躍するや、背後から頭頂と腰骨までを斬り割った。

どっと前のめりになる若者が右手をのばした。

そこからもう一本の右手が飛び出し、出入口に集う人々の頭上を越えて闇に呑まれた。

幾つもの声が上がり、それが悲鳴に変わった。

倒れた二名の村人のところへDが駆けつけたとき、腕の化石もその強奪者も、何処にも見えなかった。

「見た者は？」

とDが村人たちに訊いた。

何人かが顔を見合わせ、ひとりが、

「こいつらを斬ったのはニーサリだ。飛んで来た腕をこの二人が拾った途端、そばにいたのが斬りかかりやがった。見たことのねえ男が追いかけて行ったぜ」

と道の向うへ眼をやった。

「多分、はじめてここへ来た――」

Dの方を向いたとき、黒衣の姿はすでにサイボーグ馬にまたがっていた。

村の西外れの広場は、月光の下に白々と凍りついているように見えた。

路傍《ろぼう》のあちこちに夜光虫のような光が点っている。月光に照らされた霜柱であった。

Dはサイボーグ馬を突入させた。

そのとき、悲鳴が聞こえたのである。

噴水のかたわらに人影が倒れ、もうひとつの影がそれを見下ろしていた。右手に黒血にまみれた一刀を、左手に腕の化石を手にした男は、戦闘士ライゾンであった。

「よお」

剣をかざして挨拶したのは、化石が重いからだろう。

「仕留めたか？」

とD。

「ああ、確かにな」

「腕を渡せ」

「真っ平だ。これはおれが手に入れた道標だぜ。相手が誰だって渡すもんじゃねえ」

「不老不死は人間に合わぬぞ」

ライゾンは、けっ、と吐き捨てた。

「し、渋い声を出すじゃねえか」

「おまえが斃《たお》した男は、シオドマク公爵夫人に憑かれていた。夫人は被憑依体の死によって肉体を離れ、別の人間に取り憑くのじゃ」

Dの右手が背に負う長剣の柄にかかった。

「やる気かよ」

ライゾンの右手も左の腰へ。

「断っとくが、おれは――」

白光が声を断ち切った。

Dの抜き打ちは神業の速度を誇る。

奇蹟が起きた。

正しく間一髪で、ライゾンが跳びずさったのだ。その鼻の頭から、つうと血の糸が垂れた。

「やるなあ、さすがの抜き打ちだ。おれでも受け切れなかったろう」

彼は眼を光らせて言った。

「だが、変わっちまったよ――おれじゃなく、あんたがな」

Dは無言で間を詰めた。

「その眼――血走ってるぜ。あんたの眼はそうなっても澄んでると聞いたが、いまはどぶ泥だ。それにその顔――何だか女にも見えるぜ」

「腕を渡せ」

とDは言った。権柄づくの女の声で。憑かれたのは彼だったのだ。

「ごめんだね。ひひひ、普通なら絶対に勝てっこねえ相手だが――憑かれてるとなりゃ別だ。いまのDにならおれひとりでも勝てそうだぜ」

ライゾンは舌舐《な》めずりをして、

「おい、取っ憑いた女――おめえは何者だ？」

と訊いた。

「道標の護衛じゃ。人間どもの手に渡るのを防ぐ」

「だったら、どうして、おれを喚《よ》んだんだ？　おれは誘われてここへ来た。夢の中で何日も何日も。ありゃあ、男の声だったぜ」

D＝公爵夫人は沈黙したが、すぐに、

「道標を置かれたのは〈ご神祖〉じゃ。それが何故、そして誰が今頃、人間の手に渡そうと企んでおるのか、わらわにもわからぬ」

「だったら、邪魔するな。きっと、深い深い〈ご神祖〉さまのお考えによるのさ」

「黙れ」

Dが跳躍した。

その下でライゾンが廻った。

二つの身体がケープに埋もれ――ライゾンが離れた。その手に刀身はなかった。

Dはよろめいた。

その鳩尾から背中へライゾンの一刀が抜けていた。

「しまった」

呻いたのはライゾンだ。貴族の血を引くダンピールは、心臓を貫く以外、致命傷とはならない。そして、彼には武器がなかった。

音もなくDが迫り、刀身がふり下ろされた。

跳びのきかけて、ライゾンはバランスを崩した。足下の石を踏んでしまったのだ。

「わっ⁉」

刃風を頭部に感じ、彼は眼を閉じた。刀身は落ちなかった。

「あれ？」

眼を開けた。

必殺の刀身は、彼の頭上一センチで停止していた。

「逃げい」

と聞こえた。

Dの声ではない。嗄れ声であった。

「こいつは、じき元に戻る。それまで逃げ廻れ」

「お、おう！」

ライゾンが身を翻した。

十メートルも走ってふり向いた。

血が凍った。

Dが追って来る。

「わわわ。じきじゃなかったのか⁉」

「逃げい！」

嗄れ声はDの左手のあたりからした。

Dの右手が上がった。白木の針が光る。

右手はふられた。渾身の力がこもっていた。針は放られず、D自身の心臓を貫いた。

彼が倒れてから七、八メートル走って、ライゾンは異変に気づき、ふり返った。

「おい――どういうこった？」

「自分で自分を刺した。こ奴は死んだぞ」

「そ、それで、取っ憑いてた女はどうなるんだ？」

「誰かに乗り移ったじゃろうな」

「誰にだい？」

「眼つきが悪いぞ。ほう、気のせいか、犬歯が伸びて来たようじゃな」

「よ、よせ」

口元を押さえて喚く戦闘士に、

「どうやら、おまえではないようじゃ。手を貸せ」

「何だ？」

「まず、土を集めろ。両手一杯ぐらいでよろしい。次に噴水から水を汲《く》んで来い。これも旅人帽に一杯くらいでいい――急げ！」

「何するんだ？」

「死者を甦らせるのじゃ」

二十分ほど後、ライゾンは甦ったDを呆然と見つめていた。

「そんな阿呆な」

「道標は？」

Dは闇の中に眼を据えた。

「わからん」

「腕はどうした？」

「お、そこに」

と置いた場所に眼をやり、ライゾンはぎょっとした。

「な、無い⁉」

「誰もいなかったぞ」

左手も呻いた。

Dは少し考え、すぐにサイボーグ馬の方へ向かった。

「おい、何処へ行く?」

返事はない。

ライゾンのサイボーグ馬が走り出したとき、Dの姿はすでに闇に溶けていた。

ノックの音に戸口へ出たフリギッタは、相手の名を訊いて驚いた。突然訪れた元凶だったからだ。

「な、何の用?」

「娘さんの死体が見たい」

「断ります。帰って」

ドアが倒れた。立てつけてあるだけのドアである。破ったのは、いま眼の前にいる美しい若者だ。

「あなたは一体、いつまで私たちを苦しめれば気が済むの?」

「失礼」

嗄れ声の挨拶の後で、Dは真っすぐ居間へと入った。

柩《ひつぎ》の周囲には蠟燭《ろうそく》と護符が飾られていた。

すでに立ち上がっていた兄と祖父の手には、杭射ち銃が握られている。

「煙の匂いがする――煙突からどこかの部屋の暖炉へ抜けたの」

左手が指摘し、

「ふむ、この三人の誰か――とはまだ言えぬ」

「何の話だ？」

兄が憎悪を全身に張らせた。

「公爵夫人が道標に憑いた」

とDは言った。

まさか、化石の腕に。

「人間は生者にしか憑けぬが、物体は別だ。ただし、動きはずっと限定される。その代わり、出入りは自由だ」

Dがふり返った。

右手が走り、天井へと光るすじをつないだ。

かっと硬い響きとともに落ちて来たものを見て、全員が眼を剝いた。白木の針に貫かれた右腕の化石であった。

Dがそれを摑んだ。

「どうするんだ？」

　息子が訊いた。

「持っていく」

「え？」

「公爵夫人は？」

　と祖父が訊いた。

「この中の誰かに憑いた」

　三人はそれぞれ独特な悲鳴を上げて、お互いの顔を見合わせた。死相に近い。

「憑いたら、死ぬまで移らねえんだな、やめてくれ」

　祖父が自分を抱きしめた。息子も母――フリギッタも喪神《そうしん》していた。

　いきなり、戸口から人影が飛びこんで来た。ライゾンであった。

　周囲を見廻し、たちまち状況を摑んだ。

「この中のひとりだな？　――任せろ」

　言うなり、凄まじい勢いで家族三人の鳩尾に拳を叩きこんだ。次々に倒れる三人を見下ろし、

「仮死状態だ。後で生き返らせてくれ」

　心臓に右手を当てて倒れた。自縛心の術を使ったのだ。

　硬いものがこすれるような音が、ドアの向うでした。

　Dの手から石の腕は消えていた。もう一度公爵夫人が憑いたのだ。

「成程のお。ライゾンとやら、思ったよりやるわい」

左手が、ふむふむと納得した。

「では――最終決戦じゃな」

Dは居間の真ん中に安置された柩に近づいた。

いつの間にか、かたわらの壁に立てかけてあった蓋が被せてある。

不意に喘ぐような、怯えたような声が柩から流れて来た。

「ほう、公爵夫人め、怯え切っておる。無理もない」

Dは蓋を取った。声はぴたりと熄んだ。

娘――セルジュは安らかな表情で永遠の眠りに就いていた。否、その胸のふくらみは、わずかに、しかし確実に膨張を繰り返しているではないか。屍衣に包まれた身体の上に石の腕が乗っている。

「千分の一秒だけじゃぞ」

と左手が嗄れ声で言った。

「その間に、この娘をもう一度殺さなくては、伯爵夫人は別の人か物に憑く。風にでも移られたら厄介じゃ」

Dが一刀を抜いて、切尖《きっさき》を娘の心臓の上にかざした。

「――復活した死者に憑いた場合のみ、公爵夫人は滅びる。気の毒に死者はもう一度死なねばならんがな」

左手がセルジュの心臓の上に置かれた。

「行くぞ」

何も起こらなかった。娘は眼も開かず、筋肉ひとつ動かさなかった。その心臓にDの刀身が吸いこまれるまでは。

その瞬間、娘は跳ね起きた。

手向けの花が吹っとび、刀身を摑んだ指がぱらぱらと落ちる。

Dを見つめる顔は、可憐な死顔ではなかった。両眼から血の涙を流し、牙を剝き出した妖艶この上ない女のそれであった。

「おのれえ」

と叫んだ声の絶望は、低く短い呻きに変わり、女は仰向けに倒れた。

「顔は戻った。安らかなものじゃ」

Dは一刀を鞘《さや》に戻すと、倒れた四人のもとへ行き、次々に活を入れた。

家族がぼんやりしている間に、ライゾンが家を飛び出したのは、さすが戦闘士であった。

すでにサイボーグ馬にまたがったDへ、

「おい、置いてくつもりか？」

と喚いた。

「しかも、道標までかっぱらいやがって。行かせねえ」

喚きたてるライゾンを尻目に、Ｄとサイボーグ馬は闇の中を歩き出した。

「待ちやがれ、こら」

ライゾンは自分の馬の方へと走り出した。

鞍に手をかけ、鐙《あぶみ》に足をのせて体重を預けた途端、鞍ごと地面へ落ちた。無論、留帯《とめおび》を切断しておいたＤの仕業であった。

「畜生――待ちやがれ。このままじゃ済ませねえぞ！」

ライゾンの絶叫は、凍てついた夜を空しく流れた。

第二章　キルク婆さんの彫刻

1

「いやあ、あの婆さん、またひとつ彫《ほ》り始めてよお」

チザココル村の民生委員のひとりが、村で二軒しかない酒場へやって来た最初のひと言がこれであった。

口調も大きさも並みであるが、居合わせた全員が、委員に注目した。

「よせよ。こんな注目を浴びることたあ二度とねえだろうがな」

「今度はどんな彫刻だ?」

用心棒兼用の、ごついバーテンが訊いた。

委員は眉を寄せて記憶を辿《たど》った。

「人の形はしてるんだ」

「いつもの話じゃねえか」

とバーテン。

「いや、それが――右足だけが妙に生々しいんだよ。こうリアルに出来てるんだな」

「何だい、足の一本ぐらい。あたしの足だって、よく出来てるわよ」

色っぽいホステスがスカートをめくってみせたから、大笑いと口笛が店内を席捲《せっけん》した。それが気分を変えた。

委員は注文したウィスキーをチビチビ飲《や》りはじめ、ピアノの演奏がおしゃべりや口論の上に君臨した。

そのとき、店が揺れた。

へべれけの男たちが声を揃《そろ》えて悲鳴を上げたほどの、大きな揺れであった。

カウンターの向うで棚から落ちた酒瓶の砕ける音が連続した。

「な、何だ、こりゃあ？」

客のひとりが呻《うめ》いたのは、すぐである。揺れはもう熄《や》んでいた。

「地震なんて――何十年ぶりだ？」

「いや、何百年だぜ」

薄気味悪そうに宙を仰ぐ男たちが、一斉に凍りついた。

ただひと言――

「足踏みしたんじゃねえのか」

民生委員であった。

誰もたしなめなかった。怒りもしなかった。

「そんな……足だったのか?」

とバーテンが訊いた。

返事はない。委員は空のグラスを見つめている。

「無理もねえかもな……キルク婆さんも老齢《とし》だ。死ぬ前に怨みを彫り物に……」

「やめろ、莫迦野郎」

ひと声を合図に、数人がカウンター越しにパンチをふるって、バーテンをKOしてしまった。

「ちょっと——やめてよ!」

あわててホステスがカウンターへ跳びこんで、氷の塊をひとつバーテンの額に乗せた。

何とか立ち上がって、ぼんやりと開いた眼に、カウンターの向うから見つめる若い顔が映った。

「てめえ……ジャド」

頭をふるバーテンへ、

「ご馳走さん」

言うなり、若い顔は灰色の衣裳の人影と化して、敏捷《びんしょう》な獣のように店を飛び出していった。

「へっ、これで今夜は三杯も只飲みが出来たぜ、地震様々だ」

とても三杯分とは思えない歓喜の叫びを上げたのは、チザココルやその周辺で、飲み逃げ、たかり、寸借詐欺を重ねる小悪党で、ジャド・ヘイレンという。棲家も定めぬ——といっても、どう見てもセコい小犯罪を繰り返すのは、この辺限定だから、近くに塒《ねぐら》があるに違いないのだが、誰も確認していない。治安官がいる町は二百キロも彼方である。被害はささやかだからと、やられた方も渋々忘れてしまい、強いて逮捕の労力を費やそうとはしない。当人がそれをいいことに小犯罪を繰り返しているのはわかっても、凍てついた世界での追いかけっこは、誰もが遠慮したいところなのであった。

「へ？」

ばりばりと霜柱を踏みつぶしながら行く足が、急に止まった。

細い道の左は森で、右方はかなり広い荒れ地であった。

荒れ地の奥に塚があって、それにまつわる話は村中が子供の頃から聞いているから、近寄る子供たちもない。

音がした。その塚のあたりで。

ジャドは道の真ん中に凍りついたままそちらを見た。

夜道に絶叫が迸《ほとばし》ったのは、数秒後のことである。

そうさせたものは、金縛りも解いた。ジャドは凄まじい勢いで走り出した。

十数分後、道の端にへたりこんで、彼は呼吸を整えた。日頃の身軽さ、追撃者を置いてみるみる遠ざかる俊足が、嘘のような疲弊《ひへい》ぶりであった。

ひっきりなしに噴き出す汗は手で拭《ぬぐ》うだけでは足りず、防寒着の袖《そで》も濡らした。

蹄《ひづめ》の音が近づいて来た。

逃げて来たのとは反対側とわかっても、恐怖は消えなかった。

森の中へ走りこもうとしたが、足が棒である。彼は近づいて来る足音を迎えるしかなかった。

そのサイボーグ馬と騎手とを眼にしたとき、ジャドはようやく、今夜は月のきれいな晩だということに気がついた。

いや、違う。月などない。

騎手の顔だ。いや、全身だ。顔と黒ずくめの身体がかがやいて見えるのだ。

無論、それは一瞬の幻影であった。騎手の顔も姿も闇に閉ざされている。それなのに、かがやきの幻影は、ジャドの脳裡からいっかな離れようとしなかった。

サイボーグ馬は止まらなかった。

黙々と近づき、通り過ぎていく。彼など虫けらほどの注意も引かないと。

「ま、待ちなよ。そっちへ行っちゃ、危ねえよ」

　夢中で声をかけたが、馬の歩みは止まらない。必死で声をふり絞った。

「――いま、見たんだ。その先にある塚の中から、人間《ひと》の手が――いいや、貴族の手が、ぬうっと出てきたのをよ。そこは貴族を埋めた塚なんだ」

　馬が止まった。ジャドはそちらへ歩き出した。足は何とか動いた。

「出て来るのを見たか？」

　鋼の声が、ジャドを静夜に置いた。

「い、いや。手だけだ。だが、でっかいダイヤのボタンがついてる袖口が見えた。絶対に貴族が出て来たんだ」

「理由は？」

「わかりっこねえさ。けど、出て来た。村の奴らはみんな呪い殺されちまうぞ」

「呪い？」

「ああ。昔、ドロティアって貴族がこの辺を統治してた。そいつがあんまり阿漕《あこぎ》な真似しやがるんで、村の連中は昼間、みんなで城へ押しかけ、棺桶ごと鎖で巻いて土の中に埋めちまったんだ。百ヶ所も玉を作ったロープを一本ぶちこんでな」

「名案じゃ」

　いきなり声が変わったので、ジャドの心臓は止まりかけた。

〈辺境区〉は、それぞれ独自の貴族対策を持っているが、玉――結び目つきのロープは、北のさらに僻地で大いに利用される貴族〝封じ〟のひとつだ。理由はわからないが、昼間眠る貴族の柩《ひつぎ》にこれを入れておくと、夜間眼を醒ましてからも、その結び目をほどくのに我を忘れ、いつの間にか夜明けを迎えているという。そして、新しいロープが納棺されれば、不死の貴族は永劫に人間界に現われることはない。

「それなのに出て来よったか。またもひと足遅かったようじゃの」

「村へ行くなら気をつけなよ。塚んところで待ってるかも知れねえ。奴は飢え切ってるはずだからな。今夜は無事でも、明日の晩あたりからは次々に犠牲が出る。早いとこ去《い》っちまいな」

「ご親切にどうもじゃ」

馬は歩き出した。

前方からも車輪のきしみが聞こえて来た。

ジャドは、ひいと放って走り出した。ゆるやかにやって来たひとり乗りの優雅な馬車は、黒い騎手のかたわらで止まった。

「旅の人？」

険《けん》のある声だ。だが、これほど美しい声と美貌の相手なら、誰も気にはすまい。左手に手綱《たづな》を、右手に白い鞭を握っているのは、月光も色を失いそうな若い美女であった。

だが、その美女は早くも御者席で夜の石と化している。陶然たる眼差しの先に、黒い騎手がいた。

「私はクローディーヌ・ベージュ」

艶やかな紅色の唇が虚ろに名乗った。

「D」

と騎手は返した。

「まさか――貴族狩りの名手……」

陶然と驚愕の混じり合ったつぶやきを無視して、Dは歩き出した。

五歩ほど進んだところで、

「待て」

鋭い声が止めた。ただし、牙は抜かれていた。一応、頭ごなしに、

「――今夜、貴族が墓から甦《よみがえ》った。村の平穏のために、我がベージュ家がおまえを雇おう」

2

村の北外れにそびえる豪奢《ごうしゃ》な館へ辿り着く前に、Dは〝塚〟を調べた。

何かが出て来た痕《あと》などかけらも見当たらなかった。クローディーヌは、確かに人影を見たと言ったが、それを保証する痕跡はゼロである。

だが、Dは、

「出て来たな」

と言った。

「やっぱり――わかるのね。何処《どこ》へ隠れたの？」

「わからん」

と左手が答えて、クローディーヌに眼を剝《む》かせた。

二人はまず村長宅へ行き、貴族の復活を告げた。

すぐに自警団を結成すると約した村長は、Dを見て、貴族ハンターと看破、雇いたいと申し出たが、クローディーヌが我が家の客だと言うと、不承不承諦めた。

「あれでかなりの遣《や》り手よ。心配はいらないわ」

豪華な館《シャトー》に着いてすぐ、Dは広大な居間で、ある質問をした。

「こんな時間に、女がひとりで出歩く理由《わけ》は？」

「我が家は代々村の護民官を務めていたの。夜も村の中を見廻ったわ。いつものことよ。本来は父と弟の仕事だったのだけれど、一昨年の伝染病でどちらも死んでしまったので、私が後を継いだのよ」

「早いとこ、婿を貰うんじゃの」

「変わったお友達が憑《つ》いているらしいわね。でも、余計なお世話よ」

「ふ、若くて金があると、女はみなそう言いよる。だが、五十年も経《た》ってから鏡を見てみるがいい。自分がいかに愚かだったかわかるじゃろうて――ぎえ」

「私が切り落とす前に止めてくれて感謝するわ」

Dは拳を握ったまま、

「ドロテイアという貴族について知っていることがあるか？」

「埋められたときは、〈北部辺境区〉随一の剣の遣《つか》い手だったそうよ。ドロテイアがとりあえず飢えを満たしたら、次に狙われるのは私」

Dの眼が、ようやく興味の色を刷《は》いた。

「――彼を埋めた村人のリーダーは、我が家の先祖だったのよ。あなたを雇った理由はこれ」

「ふむ。道標《みちしるべ》を守る他にも復讐《リベンジ》があったか。貴族もお忙しいこっちゃ」

憎まれ口としか思えない嗄《しゃが》れ声が、クローディーヌの緊張を砕いた。

「道標？　――そう言えば、ドロテイア侯爵は生前、自分は大きな役目を任されていると、誇らしげに言っていたそうよ。道標ってそれのこと？」

Dも左手も無言を通した。

そこへ、二人のメイドが飲み物を運んで来た。

「お酒は？」

「やらん」

「あら。じゃあ、私だけ」

クローディーヌは二人の召使いの酌《しゃく》で、たちまちひと瓶を空けた。頰には赤味も差さなかった。Dを気にする風もなくグラスを置いて、

「失礼しました。お部屋へご案内を」

と召使いに命じた。

部屋に入って、召使いが去るや、左手が、

「どうもおかしいぞ、この家は。あの召使いはどう見ても普通じゃが――生きてはおらん」

Dは無言で窓辺まで歩き、外を見下ろした。部屋は二階にあった。

「何じゃ、あれは？」

左手の訝《いぶか》しげな声の向うに、闇と中庭と人影が広がっていた。

「彫刻じゃな。ひいふうみい――ざっと三千はある」

「三千五百二十八だ」

「大雑把で悪かったの」

一秒足らずでどう数えた、Dよ。

「どれも人間の彫刻だ」

「そんなこたわかっとる」

「みな右足がない」

「ん？」

「彫り方から見て、何人かの手になるものだ」

「今度の道標は右足か。やれやれ——おい!?」

Dは窓を開け——身を躍らせた。


彫刻はすべて大理石である。老若男女——その中で、Dは迷わず一体の前で足を止めた。

長身の三十代——太い眉と鷹を思わせる鼻梁《びりょう》、冷酷なカーブを描く唇から、定番の牙が覗いている。凶々《まがまが》しさを凝縮した顔だ。腰に帯びた剣も衣裳も細かい部分まで精緻に再現してある。作ったのは、この世で最高の彫刻家に違いない。

「これは——ドロティアじゃな。確かに強そうだ」

左手は忌々しげにつぶやき、

「道標は——右足は何処にある？」

「彫った当人にもわからなかったらしい」

とD。左手はふむふむと応じて、

「となると、そのモデルから訊くしかあるまいな」

すでに、Dは彫刻群の奥を向いていた。

足音はしなかったが、長衣姿の影が形を整えた。

「ドロティア侯爵かの？」

左手が訊いた。

「いかにも――うぬは？　声からは想像もつかぬその気の格からして、ただの戦闘士やハンターとは思えんが」

「六つの道標の護り役――道標は何処じゃ？」

殺気が影に凝縮した。

「知っておるか――まさか、Ｄという名の男か？」

「正解じゃの」

「いずれ遭《あ》うとは思っていたが――おかしな時に。久しぶりに見た地上の世界で、まず抹殺すべき第一号になるとは、な」

「それは、こちらの言う台詞《せりふ》じゃ」

抜いたのは、どちらが先か。

二条の刀身が北の凍気を刷《は》いて構えを取った。

侯爵は左手を眼前で九十度に曲げ、その上に銃身のごとく刀身を乗せた。

Ｄは右下段。

詰めたのはＤであった。音もなく侯爵に迫る。多くの敵は、それだけで気死してしまう。こんな美しい男が、自分の下へ来てくれるのか、と。

それが刃の迎撃圏に入った刹那、侯爵の刀身が走った。

二度の突きは、人間の眼には止まらなかった。Dは最初の突きを撥《は》ね返したものの、二度目を右肺に受け、右へと旋回しながら、侯爵の首すじへ刀身を打ちこんだ。大きく後方へ跳びのき、しかし、侯爵は片膝をついた。

突きを放つ寸前、下段から走ったDの刀身が、心臓を裂いていたのである。

通常の攻撃ならば即、塞がる浅傷《あさで》だ。だが、傷口は鮮血を吐きつづけた。

「さすが――D」

呻いた声には、純粋な感嘆が含まれていた。

双方、新たな闘争に備えて、同時に刀身を移動させた。同時に地を蹴った。

立っていた場所に上空から何かが落ちて来た。

火球が膨れ上がった。彫刻が呑みこまれ、みるみる崩壊していく。対人用のナパーム弾であった。形状からもわかるが小型爆弾だ。直径一メートルに留まった火球はみるみる引いていく。

その彼方から、

「また遭うぞ――彫刻の林でな」

Dが館の方へ身を翻したとき、男女の召使いに囲まれたクローディーヌが駆けつけた。

「やはり――来たのね？」

覚悟を決めたようにつぶやいたのは、居間の中である。

「訊きたいことがある」

と左手がえらそうに言った。クローディーヌは無視して、

「あなたが質問して」

とDに向けた。

「侯爵がここへ来た目的だ」

「私に復讐するためよ」

「なら、中庭へ入る必要などない。他に入りやすい場所は幾つもあった」

「……」

「奴は彫刻を見に来た――あれはおまえの作品か？」

「いえ。大叔母のこしらえたものよ」

「片足がないのは何故だ？」

「誰も知らないわ。作りはじめたときから、ああだったって、父が」

「右足について聞いたことは？」

「いえ」

「こ奴は〝選ばれし者〟ではないな」

と左手が言った。

「何のこと？」

「やっぱりじゃ。すると侯爵がここへ来たのは、単に自分の像に引かれただけか。それとも護り役としてか」

「ねえ、道標だの、護り役だの——何のこと？」

Dは手短に道標について語った。

黙って耳を傾けていたクローディーヌは、聞き終えると、

「不老不死」

とだけつぶやき、休みますと去った。

「憑かれておったぞ」

と左手がすぐさま指摘した。

「ま、人間の見果てぬ夢じゃ。無理もないが、それだけに、どんな人間も恥知らずになる——えらい政治家、大金持ち、大学者、慈善家、警察長官、大将軍——ハンター」

「〈辺境〉の顔役も」

とDは言った。

「全くじゃ」

翌日、Dはクローディーヌともども、村いちばんの古老を訪ねた。彫刻について質問するためである。

インターフォンを押しても反応はなかった。

「おかしいわ、いつも起きている時間よ」

「一軒家は、目下、いちばん危ない」

左手の言葉は的を射ていた。

鍵のかかっていないドアを抜けると、居間の床に老人の死体が横たわっていた。

首すじに二つの歯型が生々しく残っている。

「侯爵か――しかし、何のために爺さんを殺しおった？　昔話が苦手なのか」

「そのとおりだ」

いきなり、老人が跳ね起きた。虫のように上昇して、背中で天井に貼りついた。クローディーヌが息を呑む。似たような連中に幾ら遭遇しても、人間の精神は突如生じる異世界の動きに慣れはしない。

クローディーヌが眼を剝いた。

老人が牙を剝く。

「道標は人間のものにはならん。おまえにもわかっているはずじゃ」

邪悪に哄笑《こうしょう》した。

「侯爵は何処だ？」

とDが訊いた。

「明るい林の中だ。捜しても無駄よ」

「大叔母が彫刻を作った理由は何なの？」

クローディーヌが天井を見上げて訊いた。

「知らんよ。だが、そのお蔭でおまえの大叔母は大事なものを失った」

「それは――何？」

「侯爵に訊くがいい。じっくりと話してくれるだろう。話しすぎて、喉が渇いたぞ」

老人の身体が凄まじい速度で天井を右へと走った。向きを変えぬ、そのままの姿勢での移動であった。

左へ――また右へ――前へ――

あらゆる視覚が惑わされずにはおかぬ神速の移動は、突如、クローディーヌへと躍った。

背後から抱きついた姿を見て、クローディーヌは悲鳴を上げた。老人には首がなかった。

切り口から鮮血を噴き上げながら、老人はクローディーヌから離れた。床へ落ちたその心臓をためらいもせず一刀で貫き、Dは、

「ドロティア侯爵」

と言った。

「まずいことになったの」

左手の声は苦い。

これを聞いて、クローディーヌが、

「何のこと？」

「貴族の犠牲者は、主人の性質を受け継ぐ。この男は昼に甦った」

「じゃあ、ドロティア侯爵は？」

「昼間もうろつく貴族じゃな」

と左手が引き取った。

「まさか……噂では聞いたけど……」

「次に古い村人は何処にいる？」

とD。

「わからない。ソリラ爺さんが抜き出て古かったから、後は同じくらいの年寄りばかりよ」

「酒場はいつ開く？」

「二十四時間営業。北ではいつも身体を温めたがるから」

「案内しろ」

3

酒場の前に、ヘビカシの巨木がそびえていた。全高五十メートルにも達する幹の五メートルほどのところから、左右に大枝が張っている。

その一本から男がひとり吊るされていた。ジャド・ヘイレンである。三、四人の男たちが面白そうに見上げている。

全身にロープを巻かれ、身じろぎもせずにぐったりしていた姿が、薄眼を開いてこちらを見た途端、金切り声を上げはじめた。

「おい、あんた昨夜《ゆうべ》のハンターだろ。助けてくれ。今日も一杯飲りに来たら、捕まっちまったんだ。頼む、下ろしてくれ」

「酒場へ酒飲みに来て、なぜ吊るされるのじゃ？」

と左手が訊いた。

「実はその――ツケが溜まっちまってよ」

「ツケじゃねえ、飲み逃げだ」

見上げていたひとり――酒場の主人が憎々しげに言った。

「昨夜も只飲みしやがって、ヌケヌケと今日も来たのが運の尽きだ。一週間ばかりそうしてろ」

「た、助けてくれ、ミイラになっちまう。いや、その前に、あの貴族がやって来る。助けてくれ。貴族の下僕なんぞになりたかねえ」

「安心しろ。そうなったら、ラム酒に浸した杭を打ちこんでやらあ」

主人の言葉に周りの連中が笑った。

光が飛んだ。

太さ一ミリ足らずの白木の針は、一本でロープを弾きとばし、ジャドの身体を地上へ落下させた。したたか尻と腰を打ちつけた――と見えたが、彼は難なく足から着地し、すっくと立ち上がった。

パラリとロープが外れた。縄を解いた針のおまけだ。

「ありがてえ、助かったぜ」

身体をゆすってこわばりを取る前を、Dとサイボーグ馬は歩み去る。

ジャドは訝しげな表情になった。見返りもなく行こうとしている――それはおかしいと思ったのだ。昨夜、自分が必死になってDを止めたことを彼は覚えていない。

「おい、待ちなよ。連れてってくれ。借りは返すぜ」

走り寄るなりジャンプ一閃――すたんとサイボーグ馬の尻の上にまたがった。五メートルの高さから落ちても平気な体術の主である。ただし、またがった馬はクローディーヌのものであった。

「ちょっと――何よ？」

ふり返って睨《にら》みつける美女へ、

「いや、どうせなら別嬪《べっぴん》さんの方がいいと思ってな。Dと同道するんだろ。気にしないで行ってくれ」

「だから、下りて」

怒りの叫びに、見物人たちが呼応した。

「そうとも、下りろ、このこそ泥」

「もう一遍吊してやらあ」

と殺到して来る。

その身体が三歩ずつ出たところで止まった。足が動かなくなったのだ。彼らは足下を見た。

そして、甲から斜めに貫いている白い木の針を見た。凄まじい痛みが彼らをのけぞらせたのは、次の瞬間である。だが、その気になれば、地面に刺さった針など一発で引き抜ける。それが木の針は盤石《ばんじやく》と化したかのごとく両足を封じ、酒場の主人など、勢い余って前のめりにぶっ倒れ、鼻の軟骨を砕いてしまったほどである。

馬上からそれを見て、

「へーっへっへっへっ。ざまあ見やがれ」

馬上で腹を抱えてののしったジャドを乗せ、クローディーヌのサイボーグ馬は、前方を行くDの馬に合わせて、悠然と歩み去っていくのだった。

「――以前、曾祖父さんに聞いたところによると、あの家――ベージュ家にゃ、姉と妹がいたんだってよ。どっちも彫刻を道楽にしてて、そのうち、どっちが上手いかで争いになった。悪いことに、父親は再婚で、姉の方は先妻の娘だった。この後妻がとんでもねえ鬼嫁だったから堪らねえ。さんざ嫌がらせをした挙句、姉の方を追い出しちまったんだ。それでも父親はさすがに不憫《ふびん》がって、村外れに家を建て、仕送りもしてやったたってよ。姉はそこで面当てみてえに彫刻を彫りつづけた。妹は？　勿論、勝ち誇ってこっちも彫刻したさ。で、そのうち妹の方がくたばった。病死じゃねえぜ。何者かに絞め殺されたんだ。真っ先に姉さんが疑われたが、絞めた痕は男のものだとわかって釈放になった。それから——もう百二十歳を超えてるはずが、まだハンマーと彫刻刀を使ってるぜ。おっと、身体中皺《しわ》だらけだ。貴族に血ィ吸われたたってこたあねえよ。さて、ここからが、あんたの気を引きそうな情報なんだがよ——その婆さんのこさえた像ってのがな、みいんなドロティア侯爵の等身像なんだ。しかも、どれも右足がねえと来た」

村のもう一軒の飲み屋でこれを聞くや、Dは百二十歳の姉——キルク・ベージュの元へとサイボーグ馬を向けた。

並んで走りながら、

「もっと早く気がつくべきだったわ」

とクローディーヌが告げた。蹄の轟きに消されぬ金切り声である。

「大叔母さまのことかの？」

じろりと左手を睨んでも、悲痛な表情は隠さず、

「そうよ。侯爵が甦ったときに気づくべきだったわ」

「姉が彫ったのは侯爵の像ばかり――関係は？」

これはDの問いである。核心を衝いてはいるが、いささか即物的でもある。

「何度も両親やお祖父《じい》さまに訊いたけど、答えてくれなかった。少なくとも、大叔母は愛していたと思うわ。向うはわからないけれど」

「愛だとお？」

左手の叫びは空しく光に溶けた。

「いつ、どうしてそうなったかは、もう永久にわからないけど、そういう話よ」

「もうひとりの大叔母はどうだ？」

「ミレイユ大叔母さま――わからない」

「首に残された痕は、侯爵のものではなかったのか？」

「町から来た調査員たちは、男のものとしかわからないと言ってたそうよ。首の骨も折れてたから、凄い力の持ち主だって」

「侯爵は疑われなかったのか？」

「疑ったからって、どうなるものでもない時代だったのよ」

やがて森を抜けたところに建つ小さな一軒家が見えて来た。

古いが、それなりに豪奢な造りである。やむを得ず追放した父親の、せめてもの思いの結果だろう。窓からは灯が広がっている。夕暮れどきであった。

「こりゃ凄え」

ジャドが呻いたのも道理だ。

白い壁の向うは、男の像がびっしりと立ち並び、かろうじて門から玄関まで細い道が続いている。

「家の庭と同じじゃな」

左手が言った。

「やはり、足がないのお」

「いや、昨夜、酒場で民生委員が言ってた。足があるのを彫り上げたって。それも、もの凄くリアルな足だってよ。ああ、女の足ならよかったのによ——男の足なんざリアルになればなるほど気味が悪《わり》いや」

「その像は何処じゃ？」

「ここにゃなさそうだし、多分、裏じゃねえの」

Dはもう歩き出していた。

像の列の間を停滞もなく抜け、裏庭へ廻った。

屋敷にひけを取らない像の林の間に、白髪の老婆が椅子にかけていた。

前方を見つめる虚ろな瞳の中にDが映る――老婆の顔に生気が宿った。

「なんて……美しい男」

と洩《も》らしたのは数秒の後だ。

「どうして……もっと早く……あたしの若いうちに来てくれなかったの……よ……そうしたら……あたしは……あなたの像を……」

両眼から光るすじが伝わった。

「……あの人の姿を……彫らなくても……よかったの……に」

「ミレイユを殺したのは、この像の中のひとつだな？」

Dが訊いた。あらゆる音が絶えた夜に聞こえる声――そんな感じだった。

老婆――キルクは怒ったような眼差しになったが、すぐにそらして、彫刻の群れを見つめた。

「この中の誰かが……ミレイユを殺した？　……あたしの恋人は……そんなことしやしないよ……きっと神様が怒って……手をお下しなさったのさ……」

「侯爵はベージュ家の彫刻群を眺めに来た――ここへも現われたか？」

クローディーヌが息を引いた。

キルクの顔が死人のそれに変わったのだ。

「嘘をつくな……許さない……あの方はまず……ここへ来るはず……だ……あの方が愛したのは……あたしだけなんだ」

眼は紅く燃えていた。そこから涙が流れはじめた。血の涙であった。

「あの方があたしと……妹の両方を愛したのは……わかっていた……あたしが屋敷を出ても……あの方は何度もやって来て……満足そうに……自分の像を見て……いらした……夜が果てるまで……あたしと二人きりで過ごしたこともある……みなは怖い、恐ろしいと罵《ののし》ったが……あたしには優しかった……あの方は……あたしのものだ……」

「もてる男は災いの種ばかりを播《ま》いていくのお」

左手が、うんざりしたように言った。

クローディーヌとジャドが一斉にうなずいたのが面白い。

「おまえは嘘つきだ」

老婆はDを睨みつけようとしたが、出来なかった。

「殺してやりたい。だけど美しすぎて、あたしには無理だ。だから……ミレイユのように……」

「来たぞ」

と左手がささやいた。Dにしか聞こえぬ音の波である。

右方やや斜め上に気配が生じたのだ。

土を踏む音も近づいて来る。

気づいたクローディーヌとジャドが、そちらを向いた。

「あたしは誰も殺したくなんかなかった。この家で、死ぬまであの方の像を作って暮らしたかった。なのにミレイユは、自分の方が姉さんより上手い。あの方もそう言ってくれてるって……だから……だから、あたしは……」

土が悲鳴を上げた。

Dの右斜め十メートル。来る。足を止めずに。

光るものが上昇していった。

全員の頭上に光の花が咲いた。クローディーヌが照明弾を打ち上げたのである。夜間外出時には必需品のひとつだ。旅人の場合は警備隊が、村人なら自警団が、クローディーヌなら傭兵たちが救助に向かうだろう。

「侯爵」

「こいつだ。こいつが出て来たんだ！」

クローディーヌとジャドの声に、左手の呻きが重なった。

「いいや、違う。全身と――足を見い。大理石と――生足じゃ」

ジャドが、うえと洩らした。

急な光に眼が慣れず誤解した石の肌、その下の右足だけは確かに生きていた。

「――民生委員が言ってた新作はこれかよ――わっ⁉」

ジャドがのけぞったのは、そいつが腰の剣を抜くなり、斬りかかって来たからだ。相手はD

だが、かたわらのクローディーヌと彼でさえ、よけざるを得ないスピードと殺気であった。

だが、もう一閃のそれは、凌《しの》ぐこと遥かであった。

キルク婆さんがひっと後じさる。その足下に、どっと落ちて来たのは剣を握った大理石の手首であった。

「や、やめておくれ！」

悲痛なキルクの叫びが放たれたときにはもう、Dの刃は一根二針の松葉のごとく反転して、その首を薙《な》いでいた。

重い音と地面の揺れは大理石ゆえに当然だが、転がった右足を摑《つか》むや、Dは馬からぶら下げてある布袋に投げ入れた。

「ちょっと待って」

クローディーヌが異議を唱えた。

「それは、私が貰っていくわ。もともとは我が家との因縁の品よ」

「欲が出たのお」

左手が、のおを大きく、わざとらしく発音した。嫌がらせに決まっている。

「欲しくなったか、不老不死？」

「そのようなものは――」

「おれは欲しいねえ」

ジャドが言うなり、信じ難い速さでクローディーヌの後ろに廻った。その喉に突きつけたナイフも彼女の腰から瞬時に抜き取った品だ。

「こそ泥の本性が出たようじゃの」

うんざりしたような左手に、

「悪く思うなよ。さ、その足をよこしな。それをどうしたらいいのかはわかってる。手間あかけねえよ」

「おまえが〝選ばれし者〟か——やれやれ」

と左手が呆れた。

「だが——それだけでは役に立たんぞ。後はどうするつもりじゃ？」

「後の道標もみいんな手に入れてやるさ。場所はわかってるんだ」

「私のことは気にしないで」

クローディーヌが叫んだ。

「こんな奴に不老不死の秘密を渡してはいけない！」

よく考えれば、この娘も同じ穴のムジナなのだ。

「よかろう」

とDは言った。

「よせ」

左手と、

「やめて！」

クローディーヌの制止も聞かず、ジャドの足下に布袋を放った。

あまりの潔《いさぎよ》さに、ジャドはかえって焦《あせ》った。

「い、いいのか？」

「悪いのか？」

「——わかった。動くなよ」

ジャドは袋を拾うと、クローディーヌごと後じさりをして、彼女のサイボーグ馬のところまで下がり、素早くまたがった。

「あばよ！　これきりにしたいもんだな！」

ひと声かけて、走り出した。

母屋を廻って正門の方へ蹄の音が遠ざかっていく。

突然、ぎゃっと悲鳴が上がった。

そちらを向いて、

「D」

とクローディーヌが呼んだ。

「真打ちの登場かの」

返事は左手であった。

母屋の角をクローディーヌの馬が廻って来た。その首に、ジャドがもたれかかっている。こと切れているのは明らかだった。

馬の後からマント姿が現われた。

刀は鞘《さや》に納まっている。

「あなた……」

闇に老婆の声が流れた。クローディーヌばかりか、Dまでちらと眼をやったほどの痛切な響きがこもっていた。

キルクはゆっくりと歩き出した。

十五メートルもない。

だが――

「長い道じゃな」

嗄れ声が言った。

「これまで過ごして来た歳月と同じほどに」

愛した男の像をひたすら彫りつづけた女。同じものを作りつづけた妹を殺し、そして、道標のひとつを完成させ――

いま、長い長い道を辿って、ようやく彼の下に――着いた。

「お待ちしておりました。キルクでございます」

「ひと目でわかった」

と男――侯爵は言った。

「長い間、お待ち申し上げておりました」

「私は――」

「何もおっしゃいますな。戻られただけで嬉しゅうございます」

「道標は、おまえが製作したか」

「はい。ミレイユは亡くなりましたゆえ」

夜気が、さらに冷えた。

「ですが、それは――」

「私が奪い返した」

彼はケープの内側から生々しい足を取り出してみせた。しなやかなラインの内側に入っていたとは信じ難いものがあった。

「Dよ――必要とするか？」

「まとめて処分せねばならぬのでな」

「では、古いやり方だが、腕次第といこう。明日の正午――私が埋められていた墓所でどうだ」

Dはうなずいた。

「では」

侯爵は背を向けた。それから立ち尽す老婆へ向き直って、

「会えて嬉しかったぞ」

と言った。

「それは、ミレイユに聞かせるお言葉では？　いまとなれば、私はミレイユの代わりに、あなたの像を彫っていたような気がいたします。ミレイユを殺したのは、あなたを滅ぼす代償だったのかも知れません」

老婆の眼からしたたる涙は熄んでいなかった。

左手が低く呻いた。侯爵の背後に立った人影を見たのである。キルクが言った。

「このように」

人影の両手が背後から侯爵の喉を絞めつけるのを全員が見た。キルクのすすり泣きが聞こえた。侯爵の顔は夜目にもどす黒く変わり、不意に全身の力が抜けた。ゆっくりとその身体を地面へ下ろしたのは、侯爵自身であった。大理石の人形だ。キルクの執念が生命を与えたのは、一体きりではなかったのだ。

「絞め殺したか」

と左手がつぶやいた。

「あたしは……あたしは……何てことを」

キルクの声に、

「だが」

と左手の声が重なった。

窒息死した貴族の身体が立ち上がったのは、次の瞬間だった。

びゅっ、と風を切る音が石をも断って、像は縦に裂けた。

「――あなた」

老いた女の声が、驚きを含んでいたかはわからない。哀しみだったかも知れない。

「では」

と言って、侯爵はもう一度歩き出した。もうふり向かなかった。

Dは無言でサイボーグ馬の方へ歩き出した。

その背中へ、クローディーヌの声が低い決意を当てた。

「キルクを屋敷へ連れて行くわ」

「ほお」

と左手が言った。それきり声はなく、やがて蹄の音だけが遠ざかっていった。

翌日、Dは野宿していた森を出た。対決の場所へは村を縦断しなくてはならない。

異様な光景が次々に眼に入って来た。

昼近いというのに村人の姿が見えないのだ。音はあった。家の中から喘《あえ》ぎや呻きが流れて来たのである。すすり泣きもあった。どの家からも洩れて来た。

「悲しくて泣いているのではないな」

と左手が言った。

「苦しくて堪らんのじゃ。長いこと秘め隠しておいた罪科が白日の下にさらされたかのようにな」

一軒の家の戸口に、女が蹲《うずくま》っていた。

「どうしたかの?」

左手の声に、女はこちらを見上げた。

「あいつが……通ったのよ」

と言った。

「侯爵が……村中の通りを……まさか……昼間っから……怖い……怖い……みんなであいつを埋めて……しまったから……きっと……殺される……血を吸われる……」

「デモンストレーションかの」

「侯爵の返礼だ」

「いつまで続くのかのお。人間と貴族のこんな関係は?」

返事はない。Dにはこれからやることがあるのだった。

広場には寒風が吹いていた。北の果てのさらに奥から吹きつのるといわれる風は、動くものばかりか時間すらも倍遅らせるという。

すでに侯爵はいた。

Dは馬から下りて、彼の五メートル手前まで歩いた。

「寒いが、いい天気だ」

と侯爵が頭上をふり仰いだ。

「昔、あの方に変えてもらったとき、はじめて、日の光とやらを浴びた。そのときと同じだ。昼とは良いものだな」

Dを見て、

「だが、私は戻って来ない方がよかったかも知れん。道標はあの馬につけてある。おまえが勝ったら持っていけ」

しゃりんと鞘が鳴った。

Dも抜いた。

同時に地を蹴った。

二つの身体が交差した瞬間にも、光は見えなかった。

そこから数歩進んでDは停止した。

侯爵は前のめりに倒れた。

眼もやらず、Dは侯爵のサイボーグ馬に近づき、布袋を手に自分の馬へと戻った。

鉄蹄の響きが近づいて来た。

広場の入口でDと並んだのは、クローディーヌだった。

侯爵の遺骸を見て、

「行くの？」

と訊いた。

Dは無言で馬を進めた。

「キルク大叔母が死んだわ――自殺よ」

と聞こえたが、それきりだった。

風が強さを増した。

冷たさもまた。光が満ちていたとしても。

Dの姿が道の彼方に消えたとき、馬上のクローディーヌは、がっくりと馬の背に埋もれた。

第三章　踊り子と香水

1

四日も降りつづいた雪が熄《や》んだばかりであった。

白い魔王が踊り狂う世界で、人々はただ耐えねばならない。耐えることは待つこと——それが〈北部辺境区〉の生き方であった。

だが、忍耐の果てがなんと美しいことか。

白一色に飾られた世界は、月光の響きだけが静寂を広げ、村の家々も森の木々も街道もそれを妨げない。

ここでは何ものも動いてはならぬのだ。

だが、それは月光の下をやって来た。それも美の神に永久に呪われそうな、おぞましく、けたたましい格好で。

ひっきりなしに続く機械の息つぎは、燃料を燃やしつづけるピストンの響きであった。十五メートルほどもある車体の三分の一を占める発動機は、十本の円筒から不完全燃焼の黒煙を噴き上げている。

〽おいら　しがない香水売りよ
十リットルで一ダラス
そんな水を小瓶一本百ダラスで
売りさばくのが商売さ

陽気な歌声は、何処までも続く白銀の世界と月光への反旗とも取れた。

車体のあちこちから不格好に突き出た旗竿には、

「辺境いちの甘い香り」

「百歳の女房も一滴《ひとしずく》で天下の美女」

「ブデラ社の香水パフォーム、ひと瓶十ダラス」

好き勝手な文句がはばたいている。

〈辺境〉相手の行商人は星の数ほどいるが、これもそのひとつ――香水売りに違いない。〈辺境〉にはびこる妖魔や死霊に怯《おび》えていては商売にならないのは、この道の鉄則だが、〈北〉の深夜にうろつくとは、余程の阿呆か鉄の度胸の持ち主だ。今の最大の敵は自然そのものなのだ。

歌声が熄んだ。

月光の下――五十メートルほど彼方に黒い影を認めたのである。

「――何だ、ありゃ？」

運転席でハンドルを握っていた若い男が眼を点にした。

その先を進んでいくのは、ひどく不格好な影である。

だが、近づくにつれて正体が判明した。サイボーグ馬を背負っている人間だ。

「こりゃ凄えや。何処のどいつが？」

男が眼を丸くしたのは当然だ。

雪の深さは五十センチ超えである。五百キロを超すサイボーグ馬を背負っていくなど人間業《わざ》でないという前に、人間の考えることとは思えない。普通の馬は足を折ったら処分するしかないが、サイボーグ馬は村や町の修理場で何とかなる。それにしても、連れていくのと担いでいくのとでは天と地の差があるだろう。

「ねえ、どうしたの？」

助手席の女が、これも眉根を寄せて、

「あら凄いわね」

とすぐ口を開けた。年齢は二十歳前後――こんな僻地《へきち》を渡り歩くとは思えない美人だが、眼のあたりに険《けん》があるのは、厳しい生活ゆえだろう。

「ねえ、早く並んで。どんな力持ちか見たいわ」

「阿呆。乗せたりしねえで行くぞ。サイボーグ馬を担いで雪の道を歩こうってんだ。まともじゃねえに決まってらあ」

「うるさいわね。さっさと行きなさいよ」

女のひと声で、新たな燃料が燃焼室へ噴きこまれ、エンジンは雄叫びを上げた。

面白くもなさそうな男の顔が、かっと眼を剝《む》いたのは、黒ずくめの担ぎ手と並んだ瞬間であった。ついチラ見した瞳に灼《や》きついたその美貌――これは悪夢だ。だが、もう一遍見られるなら魂を売り渡してもいい。

「ちょっと、止めて」

これも陶然ととろけていた女が、こう叫んだのは、十メートルも走り過ぎてからである。

「乗せてやんなさいよ。空きあるでしょ」

「えーっ。素姓もわからねえ男だぞ」

「困ってるのは間違いないわよ。人助けよ人助け」

「ベラ――おまえ、また悪い癖が」

「いちいちうるさいわねえ。あたしが色男に弱いからって、二人とも何とか無事でしょ。ねえドジ、この車、誰の稼ぎで買えたんだっけ?」

「わかったよ」

男――ドジは口をへの字に曲げて怒りの言葉を空中にまき散らした。

車を止めてすぐ、男はやって来た――眼もくれず進んでいく。追い越されたのを怒っている のではない。足取りには疲れた風など一切ない。

やむを得ず、ドジは窓を開け、

「おい、乗ってかねえか？」

と叫んだ。

背負ったサイボーグ馬がわずかに身を動かしただけで、前進は耳のないもののように黙々と 精確に距離を稼いでいく。ひどく強靭なものをベラは感じた。

反対側の窓から、

「こら、乗ってけ。あったかいスープもパンもあるぞ」

少し考え、

「その馬も楽が出来るわよ」

黒衣の影が止まった。

こいつ善人だ、とベラは直感した。

だが、何だ、この美しさは？

「あんたひょっとして――Dって男？」

「そうじゃ」

いきなり我に返った。

「な、なんて声出すのよ⁉　悪い冗談？」

「こら凄え、美貌《びぼう》のハンター――声は風吹いたアヒル」

とドジがホイールを叩いた。

「おい、乗ってくれ。是非とも話がある。たちまち大金持ちになれる儲け話だぜ」

Dは黙って後部へ廻った。

真ん中が居住区で、残り三分の一が貨物室だ。

ベラが助手席から、狭い戸口を抜けて、貨物室へと向かった。


バチケーバの村へ着いたのは翌朝であった。東の空に暁光が水のように滲《にじ》んでいるが、世界はまだ青い闇の中であった。

途中、ドジはDを口説きに口説いた。

「あんたの顔と声のギャップで売るんだ。こう腕の冴えを見せてよ、阿呆な客がうっとりした瞬間に、わしゃDじゃとアヒル声で喚《わめ》く。受けるぜえ」

当然、Dは貨物室の壁に上体をもたせかけたまま無言を通した。

百回以上口説いて、ドジはダウンした。したが、疲れ切っただけで、やる気はなお満々である。

　ホテルの前でDと別れたときも、

「後で行く」

と念を押したものである。

　二人は少し走り、空地に車を止めた。

「久しぶりに凄い素材に会った。絶対、ものにしてみせるぞ」

　興奮しまくるドジに比べて、ベラは冷静であった。

「無理よ、無理だって。あんな男があたしたちと芸やるわけないって」

「そんなことあるか。最後の方は少しその気になってたぞ」

「あたしにまでホラ吹いてどうすんのよ。あたしはいつ斬られるか気が気じゃなかったわ。何もしなかったのは乗せてもらった礼よ。あれはとんでもない男よ。あたしたちにどうこう出来る相手じゃないわ」

「そこを何とかするのが、ドジさまのお手並みさ。まあ、見てろ。それよか、ひと眠りしとけ。こんなど田舎だ。おまえの歌謡ショーはかぶりつきになるぜ」

「はいはい」

　ベラは狭い寝室へ戻り、すぐ寝息をたてた。

　それを確かめてから、ドジは難しい顔で、Dをものにする計画を練りはじめた。

その日の昼から村の真ん中にある広場に設営を開始した舞台は、コンピューター付きの工作機械の助けもあって、早や夕方には完成した。

開場は翌日の早朝である。

こんな外れまで来る興行は珍しいらしく、ぽつぽつと村人も姿を見せていた。

色っぽい上にグラマーなベラは、何処でも人眼を引く。いかにも好色という中年男どもが、親しげに話しかけて来た。

適当に受け流しながら、ベラは男たちの仕事や村の中での役割を巧みに訊き出していった。

そこへ、いかにも村長とその取り巻きという感じの男たちが五人、電動橇《そり》でやって来た。

みな血相を変えている。何があったかわからないが、こういうとき、他所者《よそもの》は危ない。目の敵《かたき》にされるのだ。

案の定、

「誰が許可を出した?」

と取り巻きのひとりが、眼を吊り上げた。

「これさ」

ドジは、一枚のカードをそいつの眼の前に突きつけた。

書面の文字に眼を走らせて、男は驚きの表情を隠さず、村長の方を見た。

「〈辺境管理省〉の永代興行許可証です」

「見せてみろ」

と太った村長が手に取り、ひとつ唸《うな》って、

「これは預かっておく」

とコートのポケットに仕舞いこんだ。

「おい」

さすがに殺気立つドジを庇《かば》うように、ベラが前へ出て、

「そんなことされちゃ困るわ、村長さん」

人眼もはばからぬ甘い誘惑の声を出したから、周りの連中は顔を見合わせた。

異様なことに誰も止めようとしない。村長ばかりか、全員がベラの声に、魂まで痺《しび》れてしまった風だ。

「お願いよ、返して」

「う、うう」

村長は呻いた。ここは威厳を発揮して一喝するところだが、脂肪《あぶら》ぎった顔はもう完全に、眼の前の娘の虜《とりこ》と化していた。それをとっくに知っていたかのように、ベラの朱唇《しゅしん》は自信と軽侮の形にねじ曲がっていた。針先のような声で、ささやいた。

「返してくれたら——今晩、お宅へお邪魔してもいいわ」

聞こえたのは村長だけだ。それでも、立場上、いったん預かると言明した品を易々と返すわけにはいかない。彼は汗まみれの顔で呻いた。

「よ、よし。では、今晩、家へ取りに来い」

ベラの白い顔に一瞬、怒気が渡ったが、たちまち妖艶極まりない笑顔になった。

「はい、じゃあよろしく。それと、この舞台はこのままでいいわね？」

村長は渋面をこしらえたが、これ以上締めるわけにもいかなかった。

「まあ、よかろう」

と認めたところへ、

「――何かあったんですかね？」

とドジが訊いた。村長一派が駆けつけたときの興奮ぶりに対しての問いである。ベラのセクシー攻撃に、それも和らいだか、ひとりが、

「ヴァルコン爺さんの家で殺人があったんだ」

と洩《も》らした。周りの仲間が、おい、よせ、と腕を摑《つか》んでゆすっても、男は続けた。

「おれは見ちまったんだ。夜獣の罠を仕掛けに行く途中でな。途方もなく美しい男が、爺さんの家へ入っていった。その横顔があんまり美しいので、おれは木の陰からずうっと覗いてたのさ。男はすぐに出て来た。少しも慌てた様子がなく、つないであったサイボーグ馬にまたがって、消えた。あいつはきっと闇から生まれたんだ。果てもなく暗い――しかし、輝く闇から

な」

　男は恍惚《こうこつ》としていた。

「もうよせ、クラメ」

　と村長が命じた。彼へ身を寄せるようにして、ベラが、

「あら、駄目よ。みんな聞きたい」

　とささやいた。村長は彼女を押しやり、

「後は何もない。爺さんは再生剝製師だ。頼んでおいた冬虎を取りに行った村人が死体を見つけたんだ。心臓をひと突きにされていた」

「あらあ。でも、そのいい男の仕業かどうかはわからないでしょ？　発見者を疑えって、捜査の鉄則よ」

「タンザがそんなことをする必要が何処にある？　狭い村だ。すぐにバレちまう」

　ここまで言って切りにしようと思ったらしく、村長はドジを指さし、

「興行は一日五十ダラス。三日間に限る。いいな？」

　念押しして、取り巻き連中と一緒に歩き去った。

　すぐにざわめきが戻った。ほとんどが、

「ヴァルコン爺さんがなあ」

「剝製が目当てかな」

とかだったが、ひとりが近づいて来た。小柄だけに、捷《はしこ》そうな若者であった。

「やっと、この糞つまらねえ村にも、火が点《とも》ったようだな。あんた方、早いとこ出てった方が身のためだぜ」

「そうもいかねえよ。久しぶりの稼ぎどきなんだ」

ドジの言葉に、男は妙な表情になったが、すぐ笑顔を作って、

「なら、その期間中、おれが助けになるぜ。困ったことや知りたいことがあったら、何でも言って来な。出稼ぎから戻ったばかりで暇だ。いくらでも力になるぜ。勿論、既定の料金は頂戴するけどよ」

「既定の料金？　――誰だ、あんたは？」

「〝物識り〟テディさ。村の情報屋だ」

「あーら、よろしく」

ベラがウィンクしてみせた。

「〝物識り〟さん――さっき話に出て来たいい男って誰だかわかる？」

打てば響くように返って来た。それは二人の眼を見張らせた。

「Dさ」

驚きから回復するための間を置いて、

「――どうしてわかるの？」

「女ならともかく、いい歳《とし》食らった男を、あそこまでうっとりさせる黒ずくめの奴なんざ、この世にひとりしかいねえよ。あんた方、知り合いか？　顔にそう書いてあるぜ」

「サイボーグ馬がイカれて立ち往生してたから、ここまで乗せて来たんだ。べらぼーにいい男だが、着く早々殺人とはな。思ったとおり疫病神だったぜ。けど、再生剝製師の爺さんを刺して、何しようってんだ？」

「もう治安官とドクターが調べにいってる。凄いひと突きだったらしい。そんな真似が出来るのは、そいつかあんたたちしかいねえ。ひょっとして――」

テディは探るような眼を二人に向けた。

「おい、まさか」

とドジが眼尻を吊り上げた。

「おれたちはそんな凄腕じゃねえ。――それに、この辺に貴族がいるって、聞いたことはねえぞ」

「相手は貴族だぜ」

とテディは嘲笑《あざわら》った。

「時間も空間も、おれたちにゃ想像もつかないやり方で操ってるんだ。火星の基地から一日でこの村へ来て爺さんを襲ったって、おれにゃ不思議じゃないねえ」

「あたしたちにもよ」

「そらま——そうだがな」

さ、早く寝よ、とベラは寝室の方へ歩き出した。

ドン、と破壊音が二人の鼓膜を震わせ、ドジが右の肩を押さえてのけぞった。

外から壁を突き破った何かが、ドジの肩に命中し、さらにそれを貫いて反対側の壁まで抜けたのだ。

野盗と夜盗、妖物の襲撃は旅の日常茶飯事である。武器はどの部屋にも寝かせてあった。

ベラは身を屈《かが》めて、大丈夫？　と訊きながら、壁に立てかけてある短縮長銃《ソード・オフ・ガン》を摑んだ。

「大丈夫？」

「何とかな」

苦しげだが、はっきりした声に安堵《あんど》し、ベラは窓を薄めに開けて覗いた。

月光が凍てついた空気も輝かせているようだった。

車から十メートルほど向うに二つの影が立っていた。

ひとつはD。

もうひとつは、これも自ら輝くとすら見える美女であった。

——ここ、ワルツが流れるところよね
ベラは不遜なことを思ったが、二人の間に張りつめたものは、刃のような殺気だった。

「おい——どうした？」

ドジが死にそうな声で訊いたが、ベラは無視した。大丈夫だと答えたし、彼女の興味と関心は外の二人に燃えていた。

どんな経緯《いきさつ》で矛を交えようとしているのか。どのような関係なのか。ふと胸に湧いたが、すぐに忘れた。

北国の夜の殺気が女の精神を絡め取っていた。

Dが右へ廻りはじめた。女もそれに合わせて位置を変えた。女の口が開いた。

黒い塊がDの顔面と胸へ走った。

Dの一刀が弾き出した音は鉄のものであった。

いかにそのスピードと剣さばきが奇蹟に近いものだったか——物体は飛翔時と寸分変わらぬコースを辿って、女の顔へと逆進したのである。

女は左手でそれを受けた。

手の平に穴が開き、指が吹っとぶ。顔面への直撃を食い止めたのは、重ねた右手であった。

その手を下ろすより早く、頭上に黒い死鳥が舞った。

女の右手が弧を描くや、黒い光がDの胸へと吸いこまれ、ふたたび金属音とともに闇へ消えた。Dの剣が受けたのである。

Dの着地点と姿勢がわずかに狂ったのは、この衝撃のせいであった。

体勢を立て直すコンマ数秒のうちに、女は闇の奥へと走り去っていた。

否、Dすらが後を追うのを諦めた速度は、まるで飛ぶようであった。

Dは刀身を収め、こちらを見た。

ベラが、ひっと頭を下げたのは、見つかるのを怖れたわけではなく、美しさに怯えたせいであった。

怯えの当人は、車の方へやって来て、ドアを叩いた。

「な、何よ？」

ベラは青ざめた。殺されるような気がしたのだ。それは道理や論理を無視した本能の恐怖だった。

「血の臭いがするぞ」

と左手の声がした。

「どっちが負傷した？　それとも、どっちもか？　手当てしてやろう」

「真っ平よ」

「何故じゃ？」

「とばっちりを受けて斬られちゃ敵《かな》わないの」

「出血は多い——開けろ」

Dの声であった。

「はい」

ためらいもせずロックを開くと、世にも美しい闇が冷気とともに入って来た。なんてふさわしい取り合わせかと、ベラは恍惚となった。

Dが眼をやった方を見て、ようやく負傷した相棒のことを思い出した。

ベラが舌を巻くほどの鮮やかさで薬を塗り、包帯を巻くと、Dは壁の穴に近づき、ネジの切ってないボルトのような品を掘り出した。二本の指だけの技であった。Dの手の平に落ちた感じからでも、重いとわかる。あのしなやかな美女が吐き出したとは考え難いものがあった。

「こんなものを吹くなんて、あの女——一体何者よ？」

血の気を失うベラへ、

「クラウス男爵夫人のソラドリニじゃ」

左手が答えた。

「クラウス男爵？　その女房？」

ドジが苦痛も忘れたかのように叫んだ。

「まさか——おい、あいつら二人は、OSB《アウター・スペース・ビーイング》（外宇宙生命体）との戦いで滅んじまったはずだぜ。塵《ちり》になったって——」

「その塵を保管している者がいたのじゃな」

嗄《しゃが》れ声の、ドジの反応を愉《たの》しむかのような物言いが、ベラを立腹させた。

「わしらが男爵の埋葬地点に到着したとき、ソラドリニはすでに復活していた。保管していた者は死んだが、復活に備えて用意していたメカニズムが、多量の人血を二人の塵に注ぎこんだのじゃ。残念ながら、男爵用のメカは作動しなかったが、ソラドリニは甦《よみがえ》った。そして、こ奴と戦う羽目になったのだ」

「じゃあ、この近くに男爵夫妻の墓所が？」

ベラの声は怯え、眼は咎めるようにDをねめつけていた。トラブルの元め、と言いたかった。無謀な試みであった。身も精神《こころ》も陶然《とうぜん》ととろけてしまう。

「ああ、眼と鼻の先じゃ」

左手は平然と言った。

「西に男爵家の墓地がある。その中じゃ。これまでは隠されていたが、いまはひと眼でわかる」

「あんた方、どうして男爵が甦るとわかったんだ？」

「甦る時期が来たのでな」

「甦る時期って――」

訊いたつもりだが、返事はなく、ドジは別のことを思い出した。

「あんた、この村じゃ殺人犯になってるぜ。剝製師の爺さんを殺したってな」

「何故《なぜ》、知っておる？」

「やっぱり殺したの⁉」

ベラが叫んだ。

「おれたちが行ったとき、彼はもう変身していた」

ベラは全身の力が抜けるような気がした。Dの声であった。しかし、抜けている場合ではなかった。

「じゃ、あなたの前に、いまの女が？」

「そうじゃ」

ベラは絶望的な気分に陥《おちい》った。

「何故、たかが剝製師の爺さんを？」

「彼はあるものをこしらえていたのじゃ」

「何だい、それは？」

ベラよりも、ドジが好奇の表情になった。

「それはのお――ぎゃっ⁉」

Dの左手は拳を固く握っていた。

「忘れろ」

声だけ残してDは戸口へと移動している。

「何処へ行くの？」

ベラが訊いた。

返事はない。

「泊っておいでよ。朝、出て行けばいいじゃないの。どうせ野宿でしょ。冷えるわよ」

「そうだ」

とドジも同意した。

「サイボーグ馬は、その辺の森につないどきゃあいい。わかりゃしねえよ。誰が来たって、おれたちがシラを切ってやる」

当然だが、心底からの申し出であった。

Dがちらとふり返った。

「気持ちだけ受ける」

夜風が彼を包み、閉じたドアだけが残った。

「何でえ、カッコつけやがって。痛ててて」

傷口を押さえるドジへ、

「あの人がいなければ、あたしたちに迷惑はかからないでしょ」

ドジは、あっ⁉ という表情になったが、ふんと鼻で笑って、

「ここに匿《かくま》やあ貸しが出来る。そしたら、絶対にうちの芸人にしてやったのによ」

その顔が派手な音をたてた。

「何しやがんでえ⁉」

平手打ちの姿勢はそのまま、ベラは相棒を睨み返して、

「このサイテー男。いま会っただけで、あたしたちとは無縁の人だってわかったでしょうが。あんた、口から鉄ネジを吐く化物を相手に出来るの？」

「む、むむ。何ならあれも芸人仲間にしてだな」

反対側の頬が鳴った。

「あっ⁉」

しかし、こう呻いたのは、ベラの方であった。

「いけない。昨日村長のところへ行くの、忘れちゃったわ！　難癖つけられるわよ」


予想に反して、村長も取り巻きも姿を見せなかった。

ベラのセクシーな歌唱は客たちの口笛と歓声をかき集め、入場者は昨日の倍を数えた。

「これなら、三日間で普通の興行分稼いじまうぞ。ケーっケケケ」

怪我も忘れていまにも踊り出しそうなドジへ、ベラは不安げな眼を向けた。

「あの助平おやじが何も言って来ないなんて、絶対に何かあったんだよ。あたし、今夜、行ってみる」

ドジは不穏な呻きを洩らしてから、

「よし、おれも行くぞ」

と言ったが、ベラは嬉しそうに首をふった。

「その傷じゃ無理よ。何かあっても役には立たないわ。そうだ、その前に、テディのところへ行ってみない？」

「情報屋か。よし！」

夜の部は中止と立て札を立てて、二人は遅い昼飯の後で、車に積んである寒冷地用バイクを組み立てた。

タイヤ、エンジンその他に凍結防止処置を施した小型バイクは、凍土の上でも時速百五十キロを誇る。

運転は生命懸けだが、腕次第だ。

昼の光の下を二人は爆走を開始した。テディの住所は客のひとりから聞いてある。

西の森の外れにある一軒家には、人の気配がなかった。村人は森の中には住まない。危険が多すぎるからだ。例外は人嫌いか隠者か、村を追い出された連中だが、テディは真っ当らしい。

ノックしても反応がなく、ドアには鍵がかかっていなかった。ドジが入ることにして、ベラは小型バイクとともに裏へ廻った。逃げ道を確保するためだ。

入ってすぐが居間である。

ソファに人影がひとつ腰を下ろしていた。体を前屈みにして何か考えている風だ。

「勝手に入って済まんな。訊きたいことがあって来た。ショーをやってる者《もん》だ」

とドジは声をかけた。

「ああ——爺さんのことか？」

「そうだ。実は昨日、クラウス男爵の女房てのに会った。Dと大喧嘩してて、おれも巻き添えを食った。Dは、何か奥歯に物がはさまったような言い方をしやがって、よくわからねえ。この村では何が起こってるんだ？」

「Dはあるものを追ってるんだ。それとは別にもうひとり、それを狙ってる奴がいる。Dはそいつと男爵の女房とを始末しに来たんだ」

ドジは沈黙した。話の内容ではなく、テディの声がまるで地の底から湧き出るように思えたからである。

「爺さんは、道標を作るよう運命づけられてた。そして、男爵夫妻の復活に合わせて完成させた。それは、選ばれた男に手渡されるはずだった。男爵の女房はそれを取りにいったのさ」

「けどよ——どうして爺さんの血を？」

「長い眠りから醒めたばかりだ。腹が減ってたんだ。何百年も眠っていた貴族の飢えは、ひとりじゃ満たされねえ。あの女は——おれのところへも来た」

ドジの全身が凍りついた。すると、この情報屋は——？

「男爵夫人は——ソラドリニ様は、いま、墓所にはいない。誰もが知らないところで、Dを斃《たお》す機会を狙っている。それには、爺さんが役に立つだろう」

「爺さんが？　――しかし、あいつはもう……」

「急いで、爺さんのところへ行け。行けばわかる」

「え？」

「早く行け。おまえと――女房の匂いがする。おれはもう――耐えられん」

テディは苦しげに頭を抱えた。

ドジは後じさりはじめた。

玄関まで後一メートル。

「遅かったな」

首すじにかかる冷気が全身を凍らせた。

大きく前へ出てふり返った。

誰もいない。声はテディのものだった。

背後から両肩が摑まれた。

硬直した身体は身じろぎも忘れ、首すじに近づく気配が――

不意に、背後のものはのけぞった。手が悲鳴と痙攣を伝えて来た。

ドジは前へ出てふり向いた。

その両肩を押さえた姿勢のまま、テディは胸から突き出たナイフの先を見つめていた。

「――よくやった――急げ」

こう言って、彼は前のめりに倒れた。

「気の毒に」

背後に立つベラが悲しそうにつぶやいた。テディの死骸からナイフを抜いて鞘《さや》へ納めてから、

「何か昼間っから大変なことが起こってるわね。あたし、村長の家へ行く」

「よ、よし。おれも行くぞ」

と応じてから、ドジは前のめりに倒れた。テディの力は貴族――吸血鬼のものだったのだ。

駆け寄って抱き起こし、

「車へ戻って休んでなさい。ひとりで行くわ。怪我人なんか足手まといよ」

叱るように言った。


ぞっとした。村長の家の前である。ベラに吹きつけて来たのは、テディの家と同じ雰囲気であった。

人の気配がないのも、ドアの鍵が開いているのも同じだ。

内部が少し違っていた。誰もいない。村長は、妻と老父の三人暮らしと聞いている。四人の子供は町で暮らしていた。

裏庭へ出ると、納屋らしい建物が眼についた。

板戸が開いている。

ベラは上衣のポケットから音声増幅装置を取り出して飲みこんだ。声帯のやや下——定位置で固定される小指の先ほどのメカには、何度も世話になっている。

用心深く戸口へ近づき、内部が薄明りに満たされているのを確かめ、身を入れた。

薪の束や干した熱虫《ヒート・バグ》の山、塩や缶詰のコンテナが並んでいる。天井からぶら下がっている無数の袋は飲料水だろう。雨を濾過《ろか》する円筒内で袋に詰められた水は、円筒から四方へつながるロープのストッパーによって宙吊り状態を維持しているのだった。

音がした。ひとつではない。ベラを取り巻くようにそれは鳴った。

コンテナや袋の陰から現われたのは、キンゾクツノジカとキタノクロヒョウであった。いや、よく見ると動きがぎごちないし、分厚い毛皮も揺れていない。

何よりも眼が死んでいる。剝製だ。

ベラはナイフを抜いた。

「よく来たな」

不意に頭上から声——と人間が降って来た。

音もなく着地したのは八人。老人と生活に疲れ切ったような中年女——そして、村長と取り巻き五人だ。

「Dが来ると思っていたが、意外だった。何があったか知らんが、美味そうな血の持ち主が来た。歓迎するぞ」

みなが一斉に歯を剝いた。二本の牙は飢えのせいか、がちがちと鳴った。

「あなたたち――昼間から歩けるの？　血を吸ったのは誰よ？」

心臓がいますぐ止まってもおかしくない恐怖の中で、ベラはひどく落ち着いている自分に気がついた。

「ソラドリニ様だ。光栄に思っている」

「それはよかったわね――ねえ、何か大事な品がここにあるの？」

「何故そんなことを？　Dに聞いたか？」

「ピンポン。ね、何処にあるのよ？」

「ここだ」

と言ったのは村長であった。右手に長い紙包みを摑んでいる。

彼は何処かぎごちない動きで前へ出た。

村長は紙包みを放った。ベラの眼の前に落ちた。

「それは剝製にあらず本物だ。爺さんは天才だったが、これは作れなかった。完成させたのは、何かに憑《つ》かれたからだ」

「あんたの血を吸った女？」

「かも知れんな」

「あんたひょっとして、これを手に入れるべく選ばれた人？」

「よくわかったな」

「そうか。だから、あの女が血を吸いに来たのね。まああっさりと軍門に下ったものだわ」

ベラは素早く紙包み——剝製の足だろう——を摑んだ。そう言われなければ本物としか思えぬ手触りであった。

「お言葉に甘えて貰っていくわ。いずれDに滅ぼされるでしょうが、それまでお元気で」

後じさるベラの背後を、床を蹴る足音も高く、キンゾクツノジカが塞《ふさ》いだ。

「操り方は爺さんを脅した。諦めな」

「嫌なこった」

ベラは唇を尖《とが》らせた。それを単なる不貞腐《ふてくさ》れの仕草と見たか、村長と取り巻きたちはにんまりと牙を剝くや、ゆっくりと近づいて来た。

三メートルまで縮まったとき、ベラの唇がまた尖った。

声帯上部に装着された音声増幅装置は、その吐息を強烈な音の衝撃波として眼前の村長に叩きつけた。

顔面が柘榴《ざくろ》と化して弾けとぶ。

その妻も老父も容赦しなかった。取り巻きの二人まで粉砕したとき、残る三人が躍りかかって来た。

口を塞がれて床へ押し倒された。眼の前で三つの顔が牙を剝いている。血色で塗りつぶされた眼が、ベラに身震いをさせた。口を塞いだひとりが首すじに顔を埋めた。

中指が口に入った。思い切り歯をたてた。ギイと喚いて男は手をのけた。

「後は任しとき」

ベラの唇は破滅の歌声を放った。

顔面を粉砕された男が倒れても、後の二人は離れようとしなかった。

ひとりがベラの喉を押さえた。

増幅装置が砕けた。凄まじい痛みがベラをのけぞらせた。その白い喉に、ひとりが魔性の唇を押しつけた。

急に離れた。

胸から白木の針が生えていた。

もうひとりが一気に四メートルも跳躍して、ドアの前に舞い降りたのをベラは見た。同じ距離を同じ軌跡を描いて飛んで、その前に立った黒衣の人影も。

「――D!?」

思わず口を衝《つ》いた。言い終えたときには、心臓をひと突きされた最後の敵が床に崩れたところだ。

「危ない！」

叫んだのは、キンゾクツノジカの剝製が、前足で地を掻《か》くや、一気にDへと突進したからだ。

時に大型装甲獣の身体さえ貫く二本の角は、滅多に人間に向けられることはない。本来温和な動物なのだ。だが、このシカは別物であった。

三メートルもの刃状の角は金属ではないが、金属並みの硬度と鋭さを持つ。何よりも――

Dの刃が弾いた刹那《せつな》、それは一気に縮み戻って、次は斜め上方へ走るや、Dの首すじへと斬りこんだ。

――刃の鞭《むち》だ
それがいかに鋭い太刀筋を持っていたかは、二合三合と打ち合ったDが、大きく後方へ跳んで体勢を立て直したことからもわかる。その上体へ黒い塊がしなやかに襲いかかった。キタノクロヒョウこそ、〈北部辺境区〉最凶の一匹だ。十倍の体軀を誇る暴君獣にさえ見境なく牙を剝く。

本来、共闘などあり得ない二匹がDに群がった――ベラが悲鳴を上げた。白光が声を切り裂いた。

クロヒョウの背まで抜けた刀身は、大きく左へふられ、黒い身体をツノジカの鼻先へ叩きつけた。

シカの角がその喉を貫いたとき、Dは大きく宙を跳んで、ツノジカの背後に着地していた。

背を深々と割られ、ツノジカは串刺しにしたクロヒョウを先に、頭から床に転がった。

あまりにも鮮やかな大殺戮《だいさつりく》ぶりに、ベラは声もない。現実に出せなかったのである。先刻の叫びこそ声帯が最後の力をふり絞ったものであった。

Dが近づいて来た。

「よく闘《や》った」

ベラはきょとんとし、それから涙が湧いた。この美しい天魔のような若者から、戦いぶりを労《ねぎら》われると思いもしなかったのである。

——見ていたのに助けてくれなかったのね
ふと怨みがましく思ったが、彼なら当り前のような気がした。彼女が死力を尽した後の、いまの言葉だった。

「どうして、ここに？」

「男爵夫人の墓を暴いたのは村長だ。サイボーグ馬の修理屋が目撃していた。馬を引き取りにいったとき、おれのことを知っていて、五百ダラスと引き換えにしゃべった」

「じゃあ、これから——？」

「気をつけて帰れ」

いきなり左手が喚いたので、ベラは立ちすくんだ。

Dは剝製の足を摑んで戸口を出た。

男爵夫人の墓所へ行くのだろうと思った。

さよならくらいは言いたかったが、黒くたくましい後ろ姿は、そんな感傷を刃のように断っていた。

闇が落ちた。車の中には明りが点っているが、バッテリーの調子がよくないので、時々点滅する。

「今頃、あの人はあの女と戦っているのよ」

ベラの溜息に、ドジは腕を組んで、うーむと唸った。

それなりに気にしているのかと思ったら、

「何とか勝って、うちのショーに出て欲しいもんだがなあ」

「まだそんなことを」

ベラは歯を剝き、窓の外へ眼をやった。

「みんなが来てるわ。そろそろ時間よ」

「しかし、おまえもいい度胸だよな。村長殺しに一枚嚙んでるくせに」

「治安官のオフィスで村長は男爵夫人に襲われて奴らの仲間になったと言ったら、一発で信じてくれたわよ。あの許可証を返して貰いにいって、襲われたところへDが駆けつけた――これでバッチリよ」

許可証は村長の部屋の机の上に放置されていた。治安官の尋問と死体の処置にそれなりの時間がかかったが、この件についても片はもうついた。男爵夫人の復活については知らぬ存ぜぬで通した。北辺の村で、かつての領主が甦り、村長たちの血を吸った――これで丸く収まるだろう。

「明日はここを出よう。その前に最後のひと稼ぎだ」

ドジは肩から包帯で吊った腕をふり廻し、ベラが呆れたように悲鳴を上げた。

村長が死亡したというニュースは村中を駆け巡ったはずなのに、客は減らなかった。北国の住人たちは、それほど娯楽に飢えているのだった。

放熱石をポケットに納めたり、かなり大きな家庭用コンロを担いだりしてやって来た人々は、ベラの歌声に聞き惚れた。

悲劇は開演後十分で訪れた。

増幅装置の破損で傷ついていたベラの喉が、突如、出血してしまったのだ。

幸い曲が終わったところで、かろうじて気づかれずに済んだが、急遽車へ戻ったベラを見て、ドジは続行不能と踏んだ。

「すぐに医者へ行け。でないと喉がつぶれる。おれは経験でわかるんだ」

自分より蒼白なドジへ、ベラは嗄れ声で、

「でも、これじゃ入場料返さなくちゃならないわよ」

「仕方ねえだろ。おまえの喉の方が大切さ」

「かなり治療費かかるわよ。あんたひとりで大丈夫？」

ドジは頭を抱えた。

「軽業《かるわざ》で度肝を抜いてやるさ」

「五年前ならね。いまは腰をおかしくするだけよ」

「うるせー。やってやらあ」

タイツ姿で現われたドジを、客たちは猛烈なブーイングで迎えた。無視して跳躍の準備を整えたが、自信は全くない。

客たちの表情が驚愕《きょうがく》に変わった。どよめきはその後だ。

舞台の上手からドレス姿の美女が現われ、中央で身構えたではないか。まさか、その後で、Dが姿を見せるとは。

一瞬のうちに、ドジは理解した。

Dと男爵夫人は戦いながらここまで来たのだ。舞台は村の中央に設えられていたが、二人の跳躍をもってすれば、森からの距離など無いに等しかったであろう。

「みなさん、心配はいりません」

総立ちの観客にドジは叫んだ。何をやるかは決まっていた。

「これはショーの一部です。うちはリアル第一ですから、武器も本物を使用しています。どうか逃げずにご覧下さい」

男爵夫人は大きく後方へ跳びずさりながら、鉄の塊を吐いた。

二つを躱《かわ》し、Dはひとつを弾いた。それは右横の農夫の肩の肉を抉《えぐ》ったが、彼は気にせず、興奮の眼を二人の死闘に注いだ。

一気に距離を詰めたDの白刃が美女の首を薙《な》ぐ。間一髪のけぞってそれを躱した刹那、凄まじい拍手が沸いた。

のけぞりざま、男爵夫人は大きくトンボを切った。二転三転――Dの刃を躱して、背後の十メートルもある木立ちの中程に背中から貼りついた。歓声が上がった。正に千両役者の貫禄であった。

その胸を白光が貫いた。

地上から投じたDの刃に幹ごと串刺しにされた夫人の身体は、客たちのどよめきの中で灰と化した。

事ここに到って、偽りの死闘が真実だと気づいたか、人々は茫然となったが、そのとき、ドジの大口上が天地を圧したのである。

「これは全てトリックです。見事な芝居と特殊効果でした。みなさんありがとうございます。さて、終演につきまして、いま女優が吐瀉《としゃ》しました鉄の塊と、男優が投げた白木の針を販売いたします。二度と手に入らない記念品ですよ。ご希望の方は、さあさ、並んで並んで」

街道を出る小路を曲がったとき、バイクのエンジン音が追って来た。

Dは馬を止め、バイクを下りたドジとベラは、馬の右側に立った。

「いま、みんな帰った。いや、お蔭で大儲けしたぜ」

ドジは興奮も露わに、うっとりとDを見つめた。このうっとりは、女のベラとは別の意味である。

「ところで、どうだい。そろそろ流れ流れの生活にも飽きが来たんじゃねえか？　この辺で堅気の仕事についてだな」

声もなく彼はうずくまった。ベラが向う脛《ずね》を蹴とばしたのである。

「何だかよくわからないけど、世話になったわね」

「なんのなんの——ギャッ⁉」

左手を握りしめて、

「礼を言う」

とDは言った。二人の車に拾われたことだろう。

「また会えるかな？」

言ってから、ベラは生まれてはじめて莫迦《ばか》なことをしたような気がした。

Dは手綱《たづな》を握った右手をわずかに上げてから、前を向いて歩き出した。

その姿が小路を曲がって消えるまで、ベラは見送った。サイボーグ馬の後ろにまたがった白分の姿を見たように思ったが、勿論、幻であった。

「ああ、うちのタレントが」

ドジの悲しげな呻きが耳に入って来た。

なんて、あたしとお似合いの奴だろう、とベラは思った。

第四章　石の像

1

すでに天上から白いものを振り撒《ま》く時《とき》は一週間を超えていたが、シャゼーヌ村の東端で、鶴《つる》嘴《はし》やシャベルをふるう人々の数は減りはしなかった。

宝捜しである。

昼夜を問わず、殴り合い斬り合いの犠牲者が、村の医師や共同墓地へと運ばれていくが、運び役の村人の眼には、これでまたひと儲けという狡猾《こうかつ》な光が強い。

村の宿泊施設には常時二、三十人の男たちが空きを待っているし、彼らが落とす食費や宿泊費は村の経済を支える柱といってもいい。火薬短銃で人を射てば弾《たま》丸代もかかるし、斬り合った挙句《あげく》に刃こぼれした刀は研《と》ぎに出さなくてはならない。殺した相手の棺桶代も殺した方の負担になる。血生臭いトラブルが生じるたびに、役場の経理は舌舐めずりすることになるのだった。

彼らの目的は、発掘現場に埋もれている〝貴族の宝〟だ。

この村にそれが秘められていることは、数千年前から、その筋の者には知られていた事実だが、降雪と時を同じくして続々と発掘者たちのやって来た理由は――彼らの何人かの言《げん》をつなげると――この場所に〝貴族の宝〟が埋もれていると夢見たからであった。夢は――恐らく全員に――十日間も続いたのだ。

〝宝〟とは何なのかもわからず、憑《つ》かれたように鶴嘴をふるう男たちの姿は、村人たちの表へは出さない嘲笑《ちようしよう》と侮蔑《ぶべつ》の的となったが、その狂気が発見時に爆発したらと考え、ひそかに青ざめる者たちもいた。

異変は発掘者らが来てから八日目に起きた。

新しい旅人が到着したのである。

昼近くにやって来た黒衣の若者は、

「D」

とのみ名乗った。

村でただ一軒の宿に泊った。本来は立錐《りつすい》の余地もないのだが、受付の娘が夢心地で、お泊りの予定は今日まででしたと、前の客のひとりを追い出してしまったのだ。

宿帳にサインしただけで、Dは発掘現場へと向かった。

全行程約二十キロの半ばまで来たとき、風の向きが変わった。

「おやおや」

と左手が面白そうに言った。

「これは大量だぞ――急げ」

村の端――と言われなければ、荒野の途中としか思えぬ一角であった。

滅多矢鱈《めったやたら》と掘り返された地面と穴の中に、男たちが倒れ伏している。風が運んだ血の臭いは、裂かれた喉から発したものであった。

Dは発掘場の中央でサイボーグ馬を下りた。

「血は吸われておらんな。何処《どこ》もかしこも血の海じゃ」

「一時間前だ」

とDは言った。惨劇の時刻だろう。

「どいつもこいつも抵抗した風がない。労働中に催眠法にかかりよった。みな、同じ方角を向いておる」

数名の例外と発掘孔に落ちた連中を除いて、ほぼ全員が街道の方を向いている。

そこから誰かがやって来て、全員の注目を浴びたのだ。後は――一撃で事足りた。三十人超の荒くれ男たちは、何の抵抗も示さずに喉を裂かれ、溢《あふ》れ出る血を貴族に供したのだ。

「だが、何故《なぜ》、今日じゃったのかの？」

左手が疑問を呈した。

「考えられるのは、わしらが来たから。或《あ》いは――」

「見つけ出した」

とDは言った。風が熄《や》んだ、そんな口調であった。左手が受けた。

「そして、〝選ばれし者〟もやって来た。奪い取ろうとしてな。さて――皆殺しの理由は後者だったとして、〝道標〟は何処へ消えた？」

返事はなく、Dはふり返った。

街道との境に、真紅の馬車とそこから下りた娘が立っていた。娘のドレスの肩には円盤状のドローンが止まっている。護衛役に違いない。

「また、死人がたくさん」

娘は疲れたように言った。

「あなた方は……？」

娘の声はすでに恍惚《こうこつ》としている。Dがふり向いた瞬間から。

「旅の者じゃ――今日から村の宿に泊っておる。あんたこそ何者じゃ？」

「シャーロット・ゲインズボローと申します」

娘は何とか元に戻ろうと努めながら言った。声は上ずっている。

「父はこの辺一帯の地主ですが、病でふせっております。それで私が土地の点検と発掘料の徴収に」

「ドレスの娘が、荒くれ鉱夫どもの現場へひとりで、かの？」

「これがついております」

娘は肩のドローンを見た。

「〈都〉で購入した護衛代わりですが、とても役に立ちますわ」

「いつもこの時間にか？」

シャーロットは全身を震わせた。声が変わったのだ。

「いえ――今日は……変な夢を見て」

「ほお」

また変わった。シャーロットは眼を閉じた。何とか精神の揺れを消す間に、

「何を見た？」

冷やかな声が訊いた。

「――ここで働く人たちが死んでいて、その中を別の人影がうろついているような……」

Dはまた周囲を眺めた。別の人影のひと言に促《うなが》されたのである。

結果は、死者と血臭と――風ばかりだ。いや、風に白いものが舞いはじめていた。

「おかしなところがあるか？」

とDは訊いた。

シャーロットは眼を凝らした。この辺は〈辺境〉の娘である。大量死など見慣れているのだろう。

左から右へ移った眼が、また元へ戻って――

「あれは⁉」

と指さしたのは、ぐるりを囲む崖下の西の一点であった。

「昨日の夕方――爆発がありました。きっとあそこだわ」

素早くサイボーグ馬にまたがるや、Dは娘を残して走り出した。

数秒で着いた。

確かに発破《はっぱ》の痕《あと》が岩壁をえぐっている。

「爆発させるとは妙だのお。〝貴族の宝〟を吹きとばしてしまう怖れがある。何か――出たな」

「出ようとした」

Dの眼は無惨な岩壁に注がれていた。

「それを防ぐために発破を使ったのだ。そして成功した」

「そのとおりじゃ。その後、今日まで奴らは作業を続けておった。しかし、その何かは生きていた」

Dは無言だった。それが妥当な考え方であろう。

彼は足下の岩塊に眼を走らせた。

すぐに視線を固定したところへ、シャーロットの馬車が駆けつけた。

馬車を下りてやって来た当人へ、

「見覚えがあるか？」

Dがやや左の石塊《いしくれ》の山に顎をしゃくった。

山の中に腰から下を吹きとばされた石像が横たわっていた。

右手に石の剣をふりかざした戦士の像だ。鎧も剣も細かい部分まで精緻巧妙《せいちこうみょう》に彫刻されている。だが——顔がない。きれいなのっぺらぼうだ。

「見覚えがあるか？」

とＤ。

「いえ。初めて見ます。崖の中に埋められていたのでしょうか？」

「多分そうじゃ」

左手が言った。

「それを奴らが掘り出したとき、何かが起こった。爆破しなくてはいられないようなことがな」

シャーロットは片手を胸に当てて呼吸を整えた。それから、

「何でしょう？」

Ｄに答えて欲しかったろうが、返事は嗄れ声であった。

「わからんな。だが石像はバラバラになった。下半身は何処にある？」

「あそこだ」

とDがまた指さしたのは、二十メートルほど右手下方の土地であった。

二人（？）がそこへ行くと、腰に鞘を帯びた胴体と両足がきれいに残っていた。

「何があったのでしょう？」

シャーロットがつぶやいた。

「わからんの。それより、上半分の方――顔がないのは何故じゃ？」

シャーロットは、はっと美しい顔をこわばらせた。嗄《しゃが》れ声が続けた。

「いまはおまえの家の土地かも知れんが、元の領主は――」


「ドゥーグ公爵のことですかな」

夕暮れが近づいて来た豪奢な居間で、シャーロットの父、ビョルン・ゲインズボローは、こう答えた。

「いや、私は古記録しか存じませんが、二度と読み返したくない無惨な蛮業の山でした。ひととおり眼を通したのは、もう三、四十年近く前になりますが、若いからこそ耐えられたと思っております。いまの話を伺っておるときに、公爵が甦《よみがえ》ったのかとさえ思いました」

「まさか――そんな」

テーブルをはさんでゲインズボローの左方に置かれた肘かけ椅子が呻《うめ》いた。村長である。

シャーロットがドローンを使って村長へ伝言メモを届け、医師、自警団ともども大あわてで駆けつけて来たのは、いまから三時間も前である。他の連中もそろそろ現場の調査を終えて、死体を無縁墓地に運びこんだ頃だ。

Dたちはゲインズボローの要求で、村長ともども広壮な屋敷へ招かれた。村には正式な治安官がいないため、自警団長が代行する。彼の訊き取り調査もすでに終えていた。

何が起きたのかはわかります、とゲインズボローは言った。あの地に埋められているドゥーク公爵の〝品〟が何なのかは存じませんが、時が来れば、自ら復活し、大いなる目的の地とやらへ運ばれるとか。それが何処かは私にも理解しかねますが、あなたならご存知ではありませんかな、Dと呼ばれる御方よ？

これに対して、Dはひと言、知らぬが華と返した。ゲインズボローの熱意は氷結した。

それから、公爵の話に移ったのである。

「まさか……公爵が甦ったと？　そんなはずは……そうなれば、この村は……」

「心配いりません」

いきなりシャーロットが助けに入った。

「私はそのためにDさんが来てくれたと思っています」

「おお、それは⁉」

ゲインズボローは歓喜を満面に乗せた。

「誠に幸運だ。神の使いですな、村長？」

「はあ。全く」

「どうだね、ここはひとつ――こちらに期間限定の用心棒になってもらったら？　費用は村で十分に賄《まかな》えるだろう」

「それは勿論です」

「では、決まりだね。あなたにも都合があるだろうが、是非お引き受け願いたい」

「一日千ダラス」

とDは言った。村長は眼を剝《む》いた。

「そして、おれのやることに一切口をはさまぬこと」

「そ、それは――」

眼を剝く村長を、これも眼で抑えて、

「よろしい。ひとつよろしくお願いしますぞ」

ゲインズボローは深々と白髪頭を下げた。〈辺境〉の土地持ちには珍しい、開放的で闊達《かったつ》な人物のようであった。

Dは立ち上がった。

訝《いぶか》しげな視線の主たちへ、

「発掘場だ」

ひと言で戸口の方へ歩き出した。

Dが出て行くとすぐ、村長も立ち去り、父と娘が残った。

「頼もしい男が来たな」

ゲインズボローは内容どおりの口調で言ったが、先刻までの屈託のなさは失われていた。

「珍しいわね、お父様」

とシャーロットが驚きの表情を隠さずに言った。

「あんなに他所者嫌いだったのに、Dさんは――」

「あれは役に立つ。わしの考えだが、ここしばらくの間、かつてない災厄が、村と我が家を襲うぞ。おまえも部屋から出るな」

「極端すぎるわよ」

「わしにはわかるのだ。特に、わしがいいという場合以外、Dと接触してはならん」

「あら」

碧い瞳が激しい非難をこめて父を映した。これまでも高圧的な物言いをする父であったが、ここまできついのは前例がなかった。

「わかりました」

とシャーロットは言った。父の扱いはそれなりに慣れている。

だが、そのまま黙りこんだ老人の姿を見ていると、これまでの人生で感じたことのない暗く冷たい粘塊が、下腹にわだかまっていくような感覚に捉われた。

運命というものかも知れなかった。

2

夜は白かった。

吹雪はあらゆるものに牙を剝き、爪をたて、果てしない咆哮《ほうこう》を続けていた。

人々は息をひそめ、暖炉《だんろ》に薪《まき》をくべ、電子ストーブの温度を調整していたが、勝ち目がないのはわかっていた。北の国では、氷魔を斃《たお》すのは、春の女神の訪れを待つしかない。その証拠に、誰ひとり白魔の荒れ狂う外へは出て来ないではないか。

白魔の哄笑《こうしょう》は、しかし、そこまでだった。

闇の奥から人馬一体の孤影が現われたのである。

それは雪など物ともせず、氷結した地面を蹴って、無数の死を生んだ発掘現場へと滑りこみ、騎手を下馬させた。

光一点ない闇の中である。吹きつける雪と風にケープを閃《ひらめ》かせつつ、Dは爆破現場へと進んだ。一瞬の躊躇《ちゅうちょ》もない足取りは、現場の五メートルほど前で止まった。

どんな状況でも白日の下のごとく見渡すDの眼は、すぐ前方に立つサイボーグ馬と、さらに前であの上半身像に触れ廻る男に気づいていた。少しもあわてた風がないのは——それはいつものことだが——ずっと前から彼らの存在を知っていたからだと思しい。

人影がこちらを向いた。防寒コート姿の男であった。

「その顔立ち——そして、ここからも感じられるパワーと性根の太さ。Dか？」

低いが、吹雪の絶叫を貫く鉄の声であった。

「戦闘士ギルバード・エリア」

Dの声は鋼《はがね》であった。

「知っていたか——光栄だな」

「村から来たか？」

「いや、反対側から入って来た。早々に血の臭いと死者の怨念が渦巻いているときた。ひと稼ぎ出来そうな村だな」

「ギルバードという名の男は、寒いところが苦手とか。何故来た？」

おそらくは、ひと儲けととぼけたかったのだろうが、ギルバードはひと呼吸おいて、

「夢を見たのさ」

と言った。

「どんな夢だ？」

「面倒臭いことを訊くな。親父やお袋でもあるまい」

「あの半身像の何を探っていた?」

「しつこいぜ、D」

ギルバードの声に怒り——を飛ばして殺意がこもった。

恐らく、数秒後には打ち合う鋼の響きが、白雪の舞の中に噴き上がっていただろう。

だが、近づいて来る轍《わだち》の音がそれを後に延ばした。

皓々《こうこう》と電気灯の光を八方にふり撒きながら二人の横で停止した馬車の主は、シャーロットであった。御者台から弩《いしゆみ》の狙いをつけている。

「邪魔が入ったな」

ギルバードは素早くサイボーグ馬にまたがるや、

「後でな」

と残して走り出した。穴を跳び越え、まっしぐらに街道へと向かう。神技に近い手綱さばきだった。

「いまの人は?」

フード付きの防寒コートの下で、可憐な顔が雪とは違う冷気に凍りついていた。

「長年の友じゃ」

こうとぼけてから、左手が、

「それより、こんな天気に何しに来た？」

「何か、とても気になって——あなたもじゃないんですか？」

「どうだ？」

とDは訊いた。顔は爆破現場を向いている。尋ねた相手も左手だ。

「違うの」

「——何が？」

シャーロットが低く訊いた。

「さっき見たときより、三メートル半ばかり、下半身が上半身に近づいておるわ。一時間一メートル。明日の今頃にはくっついておるな」

「まさか……」

シャーロットの顔も声も恐怖に歪んでいた。

「そうなったら……一体？　いまのうちにもう一度爆発させてしまった方が……」

「それはならん。また、しても同じことだ」

御者台で、しなやかな身体が前へのめった。

Dが近づき、抱き起こした。

「ひどい熱じゃな」

左手が言った。Dは額に手を当ててもいない。

「コートの保温は問題ない。家でも風邪を引いている風はなかったが」

「いますぐ治せるか？」

「この程度ならば」

手が額に当てられると、ひとつ全身を痙攣《けいれん》させて、シャーロットは眼を開けた。

「大丈夫かの？」

「はい――めまいがするけど、何とか」

「ひとつ訊きたい」

Dが言った。

「はい」

シャーロットは緊張状態に陥《おちい》った。

「何故、ここへ来た？」

「気になって」

「何がだ？」

「よくわからないわ。とにかく行かなくてはという気になったんです」

「戻れるか？」

「大丈夫です」

うなずき方も眼の光も強い。

「では、行け。おれはまだ用がある」

Dが下りるとすぐ、シャーロットは馬にひと鞭くれて走り出した。

その頭上へ眼をやるDへ、

「ドローンも行ったの」

と言ってから、

「あの娘――風邪を引いたのではないぞ。精神的な発熱じゃ」

何も言わず、Dはサイボーグ馬にまたがった。


翌日の昼、Dは村の中央に建つ住居兼病院を訪れた。ラナク医師は九十歳に手が届く白髪白髯の老人であったが、少しも耄碌《もうろく》した風のない知的な笑みでDを迎えた。

「役場で訊いたら、ドゥーグ公爵の資料は一切ない、こちらならということだった」

「私の脳の中にあるだけでよろしければ」

「公爵が滅ぼされたとき、家族はいたか？」

「妻がいたはずだ」

「名前は？」

「わからん。記録を調べれば出て来るだろうが、面倒臭い」

正直な男だった。

「おれが捜してもいいか？」

「裏の倉庫にあるが、公爵家のものはほんの一部だ。ひとりでは何日もかかるぞ」

「任せておけ」

突然の嗄れ声に、老医者は眼を見張り、Dの左手と顔を眺めた。

「年寄りの心臓を停めさせる趣味があるか。まあ、いい。他に用がなければついて来い」

老医師は引出しから大きな鍵束を取り出すと、母屋を巡って倉庫へと導いた。

ドアを開けると、

「ほえ〰〰」

と左手が呻いた。

天井まで約五メートル。床からそこまで埋めた本棚は優に五百を超すだろう。しかも、通路は資料の山だ。その中に机と椅子とランプがまとまった一角があった。

「では、行くか」

と踵《きびす》を返す老医師へ、

「しばらく机を借りる」

とDは声をかけた。

「何？　本当に調べるつもりか？」

「公爵の妻の名は、本か資料か？」

「書類じゃ」

「感謝する」

静かに礼を言い、Dは本と書類の山の方へ歩み寄っていった。

老医師の下へDが戻ったのは、三十分と経っていなかった。

「諦めたか？」

老医師は皮肉っぽく訊いた。

「礼を言う」

Dは静かに言った。

「——まさか——見つけたのか⁉」

「書類のいちばん上にあった」

「そんな馬鹿な……一体、どうやって……」

答えはなく、Dは老医師の下を去った。

医師は助手を呼び、ドアに「本日休診」の札をかけるように命じた。

重く厚い雲間から降り注ぐ光が、先夜積った雪を白く輝かせていた。その上で黒々と蠢《うごめ》いているのは、二組に分かれた村人たちであった。

二組——ひと組は石像の上半身、もうひと組は下半身だ。そこへ巻きつけている円筒は——

ダイナマイトだった。

「よっしゃあ」

ほとんど同時に、二ヶ所から声が上がった。

「よし――全員退避」

と叫んだのは村長だ。村人たちが逃げ去るのを確かめ、右手を上げた。

「爆破用意!」

その声に、轍の音が重なった。

現場へ駆けこんで来た馬車の主は、言うまでもなくシャーロットだ。

舌打ちして村長は手を下ろした。名家の娘を巻きこむわけにはいかない。

「何しに来たんです、お嬢さん!?」

露骨に顔をしかめる村長へ、馬車から下りたシャーロットは、

「何てことをするの? 父が怒るわよ」

「いえ、お許しはいただいております。昨夜、お父様自ら我が家へいらっしゃいました」

「嘘よ」

呆然と立ちすくむシャーロットを無視して、村長は近くの村人に眼配せした。シャーロットは強引に後退させられた。

「おやめなさい。大変なことになるわ。私にはわかるの、おやめなさい!」

村長はふたたび右手を上げた。

「爆破用意――爆破！」

Dが駆けつけたとき、現場は硝煙《しょうえん》と炎に包まれていた。

村人たちは全員倒れ、馬車の近くにシャーロットのみが立ち尽していた。

跳ぶようにサイボーグ馬を下りて、Dは虚ろな表情の娘に走り寄った。

「何があった？」

返事はすぐあった。

「……村長さんたちが……あの石像に爆弾を仕掛けて……私……やめさせようとドローンを飛ばしたんです」

「爆破寸前に、粒子砲で皆殺しか」

左手が呆れたようにつぶやいた。

「金持ちは思い切ったことをする――だが、爆発音を聞いたぞ」

「間に合わなかったんです。石像はバラバラになりました」

岩塊が飛び散った現場を、Dは無言で見つめた。

「いや。あれは元通りになりつつあった」

「見ろ」

と嗄れ声が言った。

岩塊の山が小刻みに震えている。

「これは?」

シャーロットの顔は恐怖に歪んでいた。

おびただしい石塊が、一点に向かって滑り寄っていく。

「像が……像が……元に戻っていく」

「合体が爆破で促進されたか」

と左手が呻いた。

二人の前で、石塊が組み合わさり、一体の石像が完成するまで、一分とかからなかった。

「ドゥーク公爵……」

「いや、これは女人像じゃ——奴の妻だ」

「出来たぞ」

Dがつぶやくように言ったとおり、二人の二十メートルほど前方に、石の像は破壊される前の姿を完璧に留めて直立していた。

いや——

「左腕が欠けておるぞ」

左手の指摘は、それこそが〝道標〟だと告げていた。

「何処にある」

Dが前へ出た。もう石像本体は必要ない。血に飢えた過去の亡霊は滅びねばならなかった。

「待って」

シャーロットが叫んだ。

「ドローンにさせるわ！」

灰色の空の何処かから小さな物体が降下して来た。

それは胴体から小さな翼をせり出し、底部の粒子砲の照準を地上の闘争者に合わせた。

天から放たれた光を讃えるがいい。しかし――誰が？

彫像を中心に十メートルの土地は灼熱の天蓋《ドーム》に覆われた。それは灼《や》くというよりも崩壊であった。

「やった」

シャーロットの嚙みつぶしたような声は、すぐに驚愕の呻きに変わった。

急速に形を失ってゆく天蓋の内側に人影が滲《にじ》み、それは色と形を帯びて、こちらへ向かって来た。

右手には長剣を握りしめ、それを構える風もない。

かたわらで硬い響きの流れをシャーロットは聞いた。鞘鳴りであった。

前へ出たDも刃は自然に垂らし、しかし、それは敵のあらゆる攻撃を迎え討つ千変万化の基本なのであった。

上段へ突きが来た。

体さばきで躱《かわ》し、Dは下段から石像の右手首を狙った。たやすくその半ばまで食いこんだ刀身を、そのとき、奇怪な現象が襲った。灼熱の痛覚がDの手を柄に灼きつけたのだ。

それは粒子砲五十万度のエネルギーの解放であった。Dの刀身は赤く溶け、柄と手の間から青い煙が上がった。

石の像に戦術という概念があったなら、次は武器を手離して後退するDを追って心臓を貫く一手であったろう。

だが、Dは一気に斬りこんだ。

赤熱の刀身は溶けず砕けず、石の手首を斬り落としていた。

シャーロットが何か叫んだ。

世界は白光に包まれた。

3

光の中から炎の塊が跳躍し、馬車のかたわらに落ちた。ケープをはためかせて炎を消すと、

Dはシャーロットを地面に下ろした。

粒子ビームの余波を浴びたドレスは、消される前に、その主人の顔面を灼いていた。

「治せるか？」

「いや、すぐ医者へ連れて行け――と言っても、あの村医者ではな」

だからといって放っておくわけにもいかない。

馬車を残し、Dはシャーロットを背負って走った。

石像がどうなったかはわからない。多分、無傷だろう。攻撃はドローンによるものだったからだ。

「しかし、どうして、ドローンが？」

馬上で左手が唸った。

「操縦者が錯乱したかの」

「………………」

病院で治療を終えた医師は、

「顔は諦めい」

と言った。

一時間ほどで、ゲインズボローが駆けつけた。

「貴様、よくも娘を……契約は破棄だ。いますぐ村を出ろ」

「おれは村の用心棒だ。娘さんは入っていない」

「娘も村の人間だ。それを——よくもそんな目に……」

「おれは好きなようにやると言った。娘さんの特別扱いは含まれていない」

「いますぐ出て行け。でなければ、わしが直々に殺してくれる」

「用心棒は下りよう。だが、村へは残る。おれの仕事は終わっていない」

「貴様……」

怒りが神経を狂わせたか、ゲインズボローは白眼を剝いて全身を震わせた。

「必ず……今日……じゅうに……殺してやる」

細いが強い声が割って入った。

「父さん、やめて。Dさんのせいじゃないわ」

治療室との境のドアに、シャーロットが立っていた。顔は白い。包帯だ。眼鼻と口だけが開いた顔は不気味といえないこともなかった。

「おまえは黙っていなさい」

「いいえ。私はあの発掘現場に人を入れるのは、最初から反対でした。それをOKしたのは父さんです。何か途方もない貴族の宝が埋もれていると言って。私は何故か不安で堪らなかった。だから必死で反対したのに。すべては父さんから始まっているのよ。何が起こっても、他の誰のせいでもありません」

「シャーロット――この不孝者。それ以上口にすると許さんぞ」

「父さん、父さんが読んでた古書には、何が書いてあったの？」

「うるさい！」

「いい加減にして。父さん、私は村長さんたちを殺してしまったのよ」

ゲインズボローは喚いて背を向けた。広い背中があらゆる意見を拒否していた。

彼が出て行くと、シャーロットはよろめいて壁にもたれかかった。医師と看護師が両脇から支えた。

「こうなると、ますますわからなくなって来たの。〝選ばれし者〟は誰じゃ？」

左手の声が、医師と看護師の口をあんぐり開けさせた。

戸口へ向かうDへ、

「何処へ行くんです？」

シャーロットの声が追った。

「左腕捜しじゃよ」

と左手が答えた。

そこを抜ければ街道へ出る空地へ入ったとき、後方から鉄蹄の響きが追って来た。

ふり返ると、ギルバードであった。

Dがサイボーグ馬を止めたのは、彼が右手に細長い包みを持っているせいであった。

並ぶとすぐ、ギルバードはそれを持ち上げて、

「捜し物はこれか？」

と訊いた。

白い布包みは、肩から指先までの形を明らかにしていた。

「どうやって手に入れた？」

Dが訊いた。

「発掘場で石像を吹きとばした連中が皆殺しになったときさ。おれはあそこにいたんだ」

「夢を見たのか？」

「いや、仕事でな。あの娘のガードだ」

「ふむ。そんなところだと思っていたわい」

左手が小馬鹿にしたように言った。

「あの親父――よくよく娘を大事にしていると見える。もうひとり――いや、わしらより先に用心棒を雇っていたとはな。しかし、何故、あの後そばにいてやらなかったのじゃ？　お蔭で娘は自分の粒子ビームを浴びる羽目になったぞ」

「自分のビームを浴びる？　あいつがそんなミスをやらかすものか」

「何ィ？」

「おれは、吹っとんだこの腕を持って村へ隠れていろと命じられたんだ。あんたが来たら、絶対に見つかって処分されちまうからってな。それでついてってやれなかった。父親は怒り心頭だ。おれへの報酬も危なくなって来たぜ」

「よく逃げ出して来たの。恥知らずめ」

「あのときは血が凍った」

ぽつりと言った。

「あのときの凄まじい眼つきを見せてやりたかったぜ。このおれが、小娘ひとりに逆らう気にもなれなかった。だが、あの娘のそばを離れたのは事実だ。親父はカンカンで、金が欲しければ、あんたの首を取って来いだとさ。癪《しやく》に障《さわ》るから、この腕は渡さなかった。おれが負けたら好きにしろ」

「闘《や》る気かの？」

「世の中金だろ」

と包みを下げて、ギルバードは、

「何なら、ここでもいいぜ」

と言った。腕に自信がなければ出て来ない台詞だった。

ともに下馬して抜き合わせるや、冬の空気はさらに凍りついた。

「悪いが、得物はこれじゃない」

　ギルバードは長剣を地面に突き立てるや、下から右手をふり上げた。

　恐らくは袖《そで》の奥にでも隠してあったのだろう、直径十センチほどの丸い刃物が音もなくDの喉もとへ飛ぶや、世にも美しい音をたてて弾きとばされた。

「ひとつでは相手にもされんか――だが、これならどうだ？」

　ギルバードは息を溜め――吐いた。同時に後方へ跳びざま、両手が閃いた。

　おびただしい光がDの全身に吸いこまれ、打ち落とされて――鮮血が噴き上がった。

　左手で頸部を押さえて、Dはよろめいた。指の間から赤いものがこぼれた。

「発掘人を殺したのは、おまえか」

　黒瞳がギルバードを冷やかに映していた。

「そうだ。あいつら、やって来た娘を手ごめにしようとしていたのでな」

「無茶をするものじゃな」

　嗄れ声である。

「そこまでするつもりはなかった」

　ギルバードは手もとに戻った円盤を指の間にはさみながら言った。恐らく何十枚と重ねて、何処かにぶら下げているのだろう。

「だが、あの娘は半狂乱で殺戮《さつりく》を命じた。奴らも逃げずに襲いかかって来た。痛快な思い出とは言えんなあ」

光がまた飛んだ。

円盤は無数。

Dは片手ですべて打ち落とした。二枚が地面に刺さるのをギルバードは見た。

頸動脈から噴き出す血を意識したのは、数瞬後のことだ。Dが打ち返した最後の一枚の仕業であった。

「こいつは——参った。やっぱり——大したもんだ——ぜ」

そして、戦闘士は崩れ落ちた。

Dは首から左手を離した。傷はもう塞《ふさ》がっている。左手の応急治療が功を奏したのだ。深いが単純な切創だったこともある。

確かに腕らしい包みをサイボーグ馬の布袋へ納めると、

「やはり——シャーロットじゃの。発掘に関しては、まるで狂人じゃ。気の毒だが、始末しなくてはならんぞ」

Dの脳裡にもいくつかの事実が浮かんでは消えていったかも知れない。

彼とギルバードが一触即発の現場で、ドローンの存在にもかかわらず、弩《いしゆみ》で威嚇《いかく》した——あれは貴族の血を引くハンターへ向けたものではなかったのか。

そのドローンを駆使して、石像の爆破を企てた村長たちを皆殺しにしたのも、〝選ばれし者〟だったと考えればうなずける。自分も巻きこんだのは、完璧な魂の移行が行われていなかったからだろう。

病院へ戻ったDへ、医師は苦悩と困惑を隠さず、ゲインズボローが来てシャーロットを連れ帰ったと告げた。

「えらい見幕だったぞ。何とか止めようとしたが、駄目だった。あのままだと娘を殺しかねん」

行先は、ゲインズボロー邸であった。

制止しようとする召使いたち全員に当身を食らわせ、Dは奥の書斎で親娘を発見した。

「何しに来た？」

動揺を隠さぬゲインズボローへ、

「いま、医者から聞いて来た。ドゥーク公爵の妻の名は、シャーロット。あの石像の主《モデル》だ」

小さな寝台に横たわっていた同名の娘が、はっとこちらを見た。

「おまえは以前からそれに気づいていた。公爵と〝道標〟についてもな。そして、〝選ばれし者〟が娘だと気がついた」

Dの口調は、どんな内容でも聞く者たちを驚かしはしない静かなものであった。シャーロットは、むしろうっとりと溶けている。

「ギルバードを雇い、おれを雇ったのも、変身した娘が何かしでかすのを怖れたためだ。だが、ここまでだ」

「どうしても――どうしても、娘を殺すつもりか？」

「放っておけば、この〝道標〟を手に入れるまで戦いを挑んで来るだろう」

「やめてくれ」

ゲインズボローは寝台の前に走って両手を広げた。

「古記録を読んで、〝道標〟と〝選ばれし者〟について知ったとき、わしは何とか娘の変身を防ごうと努力した。だが、なった以上やむを得ん。娘は永久に家の地下に閉じこめる。それでよしとしてくれ」

哀訴に歪んだ顔は、苦しみ抜いた父親のものであった。それが恐怖と――絶望に歪んだ。Dの考えを読み取ったのだ。

Dは左手を上げた。布包みを摑んでいたのだ。

「それか？」

ゲインズボローの問いに、

「そうじゃ」

包みが答えた。いや、左手が。

「気の毒じゃが、早いとこ処分しなくては、おまえの娘は――」

声は途中で切れた。平べったい鞭状のものが包みに巻きつき、奪い取ったのである。

寝台へふり返るより早く、Dの右手が躍った。

白光は寝台を二つにしたが、シャーロットは大きく窓際まで跳んでいる。彼女は口もとで布包みを摑んだ。それを奪ったものは彼女の舌であった。

「シャーロット⁉」

「——とは何処のシャーロットじゃ？」

包帯の中で両眼が血光を放った。それは可憐な娘のものではなかった。布包みをふって叫んだ。

「これは、私の夫じゃ。誰の手にも渡さぬ」

窓へと飛んだその胸を、背後から白木の針が貫いた。

床へ落ちた身体に近づくDの右手には一刀が光っている。そこにいるのは別のシャーロットと判別したか、彼女を見る美貌には凄愴《せいそう》な翳《かげ》が宿っていた。

奥のドアが開いたのは、そのときだ。すでに気づいていたか、Dの足取りは止まらない。

空中から光がその頭部へ走った。頭上を越えつつ石の像が放った一撃であった。鮮血が奔騰した。迎え討つべきDの刃は、途中で止まっていた。シャーロットの舌が絡みついていたのである。

「どうじゃ、Dよ？」

舌をのばしたままシャーロットが笑った。

「これは、わらわの姿を模した像よ。おまえを討つべく甦ったのじゃ」

声は二重に響いた。像も笑ったのだ。

無貌の顔は、シャーロットのそれに変わっていた。

医師の家でDが見た公爵夫人の顔は、シャーロットに瓜二つだったのだ。

「あっ⁉」

シャーロットがのけぞった。Dは長剣を放したのだ。

その頭上へ石像の剣が降り落ちる。Dに避ける余裕はなかった。

だが、一瞬、刀身は泳いだ。

Dの顔を正面から見て、石の像すら恍惚となったのだ。

次の一瞬で、すべては終わった。

石像の胸もとへ跳びこみざま、Dはその心臓部を短刀で刺し貫き、ふりかぶった石剣を奪い取るや、体勢を立て直しつつあるシャーロットへ投げつけた。

ゲインズボローが悲鳴を上げた。

剣は心臓を貫いていたのだ。

「おまえの娘はもう死んでおった」

左手の声に応じるかのように、二つの身体は崩れ落ちた。

そこへ、シャーロット、と呻いて三つ目が加わった。

第五章　水の宿

1

「よし」

ボネハは憑《つ》かれたような表情でうなずき、染みだらけの実験机から立ち上がった。

瞳に、いま調薬を終えたばかりの試験管が映っている。台から取り上げ、広大な実験室の真ん中へ向かった。

二百坪を超す部屋は、曾祖父の代からそのままだ。昔は貴族の倉庫だったというが、その面影は頑丈な石の柱や壁、精緻巧妙な彫像等に残っている。

ボネハは呪術士にして医師であった。これから数分間の役割は前者の方が濃いだろう。

石床の中央には魔法陣が描かれていた。

ひどく古い——人間の超古代文明の名残と祖父は語っていたが、貴族が生み出したものとも云う。どちらにせよ、現在、人間世界に流布《るふ》し発達した魔法、妖術の類が、ことごとくその図に準拠しているのは間違いない事実だった。

北の星座点に立つと、ボネハは呪文ひとつ洩《も》らさず、試験管の中身を撒いた。陣の中央は〝魔王アザトスの住い〟である。無色の液体が広がると、ボネハはようやく〝生誕の呪詛〟を唱えはじめた。

〝住い〟から同じく無色の液体が湧き出して来たのは、それから数秒後のことである。水だ。それはひたひたとボネハの足下に押し寄せ、室内を浸し、みるみる彼の腰まで達した。閉じていた眼が開いた。室内を満たした水中から、巨大な石柱や天蓋を備えた建造物が露出していた。

「出たぞ。これで依頼に――」

ボネハはつぶやいた。思念の集中をここで欠いてはならなかった。

だが――彼は腰に打ち寄せる小波《さざなみ》が、その力を失っていくのを感じた。退いていく。

「いかん――まだだ。まだ消えてはならん！」

絶望が彼を捉えた。動揺が精神集中を妨げているのは明らかだが、どうしようもなかった。

「もう一度――一からやり直さなければならんのか。それには、またひと月……」

凄惨《せいさん》な徒労感が、ボネハの意識を暗黒に導いた。

あれを出現させ、扉を開けて、内部《なか》のものを解放しなくては。

その結果何が起きようとも、呪術士としての名誉は守られる。

液体の染みだけが広がる乾いた床の上で、ボネハは大きくよろめき、仰向けに倒れた。ダイナミックな衝撃と地響きに揺さぶられるまま、次は必ずと唇を噛んだ。

呼び鈴が鳴った。

誰だ？　と声に出た。

こんな深夜――いや、後一時間もすれば夜明けだ。よりにもよって、万物が凍りつく時間に訪れるとは？

ボネハは唇に拳を当てて、ひとつ息を吐いた。

玄関近くで、どなた？　という声がした。

拳をつくった手を右の耳に当てた。

「今晩は」

陰々滅々としているが、美しい、しかも若い。

「――ショーシャと申します。妖術を解いていただきたくて参上いたしました」

「いま、取り込み中でな。出直しておいで」

「遠いところから、ドクターの名前を頼りにやって来た者です。これから村へ戻って宿を取るまで保たないほど疲れ切っています」

確かに声には疲労が滲《にじ》んでいる。

どうしたものかと返事をしないでいると、

「私の家は裕福で、十分な御礼を用意して参りました」

これは効いた。口調も声も言葉の選び方も、しっかりとした躾《しつけ》を受けた家の者だと示している。

「いま、開ける」

何とか起き上がって玄関へ行った。

北の夜気とともに入って来たのは、分厚い革のフードとマフラーを何重にも巻いた、コート姿の女であった。雪は降っていないが、二、三十分も歩けば、温熱式のコートでない限り行動不能に陥《おちい》り、眠りこけてしまうのは間違いない。待つのは死だ。

居間へ通して、ストーブの前へ座らせてから、熱いお茶を出した。女――ショーシャは礼を言った。

「用件を聞こうか」

「実はおかしな夢を見たのです」

「ほう」

ボネハは女の眼をじっと見た。形の良い瞳が彼を映している。

「夢をなあ」

「はい。私はいつも水の中にいるのです」

とショーシャは打ち明けた。

息は苦しくない。夢だともわかっている。しかし、醒《さ》めはしないし、動きは真物の水の中にいるのと同じくらい重く、制限されてしまう。

何故《なぜ》、こんなところにいるのか？　と考えているうちに、いつの間にか、巨大な石の建造物に取り囲まれているのがわかる。

何よりも驚くべきは——その建造物の正体もわかるのだ。

これは墓所だ。

気がつくと、ショーシャは途方もなく巨大な門扉に取りついていた。

縦も横もサイズは不明なのに、扉だとわかる。彼女はそれを開けようとしているのだった。

突然、凄まじい痛みが全身を突き上げた。

背後から心臓を刺された、と意識しつつふり向くと、壮年の男がひとり、長いナイフを手に立っていた。奇妙なことに、男の表情にはとまどいと、猛烈な後悔の念が蠢《うごめ》いていた。

「そこで、いつも眼が醒めるのです」

とショーシャは疲れたような声で言った。

「その男に心当たりは？」

ボネハは、娘の眼に宿りはじめた強い光に違和感を覚えながら尋ねた。

「いいえ」

「人間《ひと》は過去と未来の間で生きている。現在での記憶がなければ、それはどちらかで生じた、あるいは生じるべき事態の夢による検証だ」

「過去にはそんな覚えがありません」

「人間は転生する、と聞いたことはないかね？　現在の君以前の君の過去も、過去に含まれる」

「そう……ですか？」

「知りたいのは、君を刺した男の正体かね？」

「その石の墓所の正体も、です」

「わかった――やってみよう」

「すぐに、お願い出来ます？」

「もう遅い。明日にしよう」

「いいえ。いまから願います」

ボネハは戦慄《せんりつ》した。別人のような娘の声がもたらしたものであった。

光る眼が、じっと彼を見つめていた。

「あなたにも、わかっているはずです」

ボネハはうなずいた。

二人は実験室へ入った。

「術を人間にかけるというのは、一種の強制だ。当然、患者の無意識と肉体は反発する。酷《ひど》い場合は自分で自分を八つ裂《さ》きにした例もある。麻酔をかけるぞ」

「いえ、このままでして下さい。私は大丈夫です」

はじめて、ボネハの胸に怒りが湧いたが、何とか押し殺し、彼は薬棚から一包の薬を取り出した。

ワインの入ったグラスと一緒に、ショーシャに渡し、

「時間遡行薬だ。未来へ行くか過去へ飛ぶかは、私の呪法で決まる。いいか、何が起こっても眼を閉ざすな。服《の》んだら後は私が引き受ける」

力強い宣言を、娘はようやく別世界へ来た、という雰囲気で受け入れた。

時間遡行薬というのは、古代文明の若者たちの間に流行した、ある種のキノコから抽出した粉末で、基本的には過去へのみ向かう。時間を特定するのは、呪術士の妖術である。

薬を服んだショーシャを寝台にゴムベルトで固定し、ボネハはそれを魔法陣の真ん中へと運んで、

「いいな?」

と訊いた。ショーシャはうなずいた。怯《おび》えはあるが、強靭な決意がそれを抑えていた。

円の外へ出て、ボネハは〝時鳥《ときとり》の呪文〟を唱えはじめた。

「魔王アザトスに伝う。青のゾシークと紫王のシィズスの月の流れに懸けて――」

ショーシャに変化は生じなかった。

この呪文の効果はまず呪者に表われるのだ。〝効果アリ〟の感覚がボネハを地の底へと導きつつあった。

――こんなに効きがいいのははじめてだ。やはり、この娘は――

着いた。いつもよりずっと深い成功地点に。

「七七七の扉のひとつに我が手をかけさせたまえ。そして、苦悶《くもん》の果てに開かせたまえ」

寝台の周囲に見覚えのあるものが広がっていた。

「――これは――水面だ。やっぱり――やっぱり――そうだったのか⁉」

実験室の壁も天井も消えていた。

かっと眼を剝《む》いた呪術士と娘の口から水泡が立ち昇った。

彼らを取り囲んでいるのは、神殿ともいうべき巨大な建造物であった。

底知れぬ海中を漂っているにもかかわらず、二人の眼には閃《ひらめ》く稲妻と星々が見えた。

眼の前に巨大な扉が迫って来た。

ショーシャが前方を泳いでいる。

扉を開けようとしているのだ。

ボネハの脳裡に警告が閃いた。

開けさせるな。

彼は右手のナイフを意識した。

水を切って娘に接近し、その背中に——

頭上に異変が生じた。

ふり仰いだ二人が見たものは、途方もなく巨大な手の平であった。左手だ。その表面に奇怪なものが二人を見つめていた。

眼と鼻と口を備えた人の顔ともいえぬ顔が。

それは唇をすぼめ、凄まじい吸引力で天地を吸いこみはじめた。

私たちは水から出る、とボネハは思った。それまで何年かかるだろう。

旅人帽を被った長身の若者が床につけた左手を上げた。

立ち尽していたボネハはよろめいて、テーブルの端に手をかけ、かろうじて転倒を防いだ。

寝台に縛りつけられたショーシャは、陶然《とうぜん》たる視線を黒いコートの若者に注いでいる。

「危なかったの」

と嗄《しゃが》れ声が言った。

「墓の力が強すぎた。ここは日を改めた方がよさそうじゃぞ」

若者は背を向けた。二人になど最初から興味も関心もなさそうな、自然な動きであった。

「待て」

とボネハは呼びかけた。突如現われた救い主が、現われたときのように去っていく。孤独と悲哀が呪術士の胸に満ちた。

「このままでは、ひどく危険な事態が生じる。君は、私に用なのか？」

「そうだ」

「話してもいい男と見た。はじめから聞いてくれ」

若者の動きが止まった。

「呪術医師ボネハか？」

「そうだ。あんたは一体――何者だ？」

「Ｄ」

と彼は名乗った。水中で見た稲妻の閃きを、ボネハは思い出した。

「あれは――ひと月前の深夜だ」

テーブルをはさんで腰を下ろした二人に、ボネハは話しはじめた。

「私は一年越しで組み立てた三百六十面体の水晶を完成させる寸前だった。ところが、最後の一面がどうしても上手く作れない。手は尽きていた。諦めたとき、そいつはやって来た。威風周囲を払うような堂々たる長身の男だった」

首から下は紫の長衣で爪先まで覆っていた。

顔につけた鉄製のマスクよりも、それを切り開いた眼の奥に燃える真紅の瞳が、ボネハを戦慄させた。

『私に関しては何も訊くな』

と鉄仮面の男は言い、一巻の羊皮紙を手渡した。

「無数の化学反応式と、錬金術の究極式。両者を支えているのは神秘数学だった。奴は、この式の解は無数にあると言い、その中からひとつ、自分の求める解を出せと言った。不可能な話だ。私は断った。無数の中から正しい解をどうやって見つけるのか、と」

すると男はこう応じた。

『解は必ず存在する。この式を咀嚼《そしやく》し、月光の満ちる晩に出した解をすべて試せ。正しいものにぶつかれば、すぐにわかる。おまえがそれを見つけたとき、私はまたここを訪れよう』

と。

立ち上がって戸口を抜ける男に、ボネハはいちばん肝心なことを訊いた。

報酬だ。

男は足を止め、前を向いたまま、こう答えた。

『不老不死だ』

2

こればかりは、あらゆる魔道士、呪術士にとってなお夢のままに留まる。

一も二もなくボネハは要求を受け入れた。嘘っぱちだとは思わせぬ雰囲気が、紫衣《しい》の男にはあった。

それからひと月の間、ボネハはいまだ夢に留まる解を求めて実験を続け、今夜の邂逅《かいこう》となったのであった。

「ひと月前から動いていたか、ヴァクスト卿」

と左手がつぶやいて、二人の眼を剝かせた。

「その貴族なら知っています」

ショーシャが疲れ果てたかのように言った。

「この近くの城で禁断の実験にふけっていたものの、神の罰を受けて、水と化した地面に呑みこまれたとか。私が夢で見たのは、その城ですか？」

「城というより墓じゃな」

と左手は言った。

「土中ならぬ水中に眠る魔王の墓所じゃ。そこに眠るものが眼醒めんとしている。だが、外部からの侵入者を怖れて、あまりにも頑丈に作りすぎた」

「そっちがヴァクスト卿ではないのか？」

とボネハは訊いた。あの紫衣姿の男は、水中の巨大墓所を浮上させ、今日の復活を策してい
るに違いない。どう見てもヴァクスト卿だ。しかし、いまの話からすると、卿はまだ墓の内部《なか》
に眠っているらしい。すると、訪問者は誰なのか？

「心当りはあるか？」

Dの問いは、ショーシャに向けられた。冷やかな眼差しと美貌に、ショーシャは、なくても
あると答えたくなった。

「いえ、その人を見たことはありません。私が見た悪夢の主は――この人です」

鋭さを取り戻した眼が、ボネハを刺した。

「ここで会った瞬間にわかりました」

「なのに、治療を受けたのかの？」

左手である。ショーシャは混乱した。何とか収めるのに数秒を要した。

「それは――二人の関係をはっきりさせておきたかったのです。でも、今回は途中で――」

「邪魔が入ったのだな、ふむふむ」

あなたじゃないの、とショーシャは言いたかった。

「その依頼人は、実験が成功したら来ると言った――すると、試してみるしかあるまいな。お

い、もう一遍やれ」

「――やめてくれ。一度やったら次の一日は休まなくちゃならん。それほどの難行だ。それを今夜は二度もやってしまった。ところで、あんたは何をしに来たんだ？」

「卿の復活は妖術によると古書にあった。この辺の呪術士は、おまえしかおらん。しかし、正直当てのなかった目的地は突き止められた。何処にあるかは、まだ不明だがな」

「みんな、墓に呼ばれてるわけか」

ボネハは苦笑を抑え切れなかった。

「そうなるのお。では、わしらは行く。明日また来るぞ」

「待ってくれ」

ボネハはあわてて止めた。

「あんたはどうする？」

とショーシャに訊いた。

「まだ謎は解けていない。私もまた来ます」

「それなら、みなここにいたらどうだ？」

ボネハは二人に向かって言った。

「正直、気味が悪いのは確かだ。呪術士の台詞ではないが、今回の依頼は桁外れに不気味なものが感じられる。そうだ、あんたを雇うぞ、D。護衛役として――」

「おれはハンターだ。ガードはせん」

「そ、それは」

「しかし、この依頼には貴族が絡んでいる。ハンターとして雇うか？」

「お、おお、それだ！」

ボネハは思わず拍手してしまった。

取りあえず、Dとショーシャは、裏にある旧い実験室兼用の納屋へ移った。実験室としては使われておらず、呪術や手術の道具、魔法薬や医薬品の倉庫と化しているが、元の寝室や居間はそのまま使えるし、シャワー等も作動する。

移ってすぐ、ショーシャはDの部屋を訪れた。いない。荷物もない。下へ行くと、コンテナの山のかたわらに横たわっていた。サイボーグ馬もそばにいる。

「どうして、部屋で眠らないの？」

思わず訊いてしまった。

「おれの身体の半分は、大地から力を得る」

「そうか、ダンピールだったわね。貴族の棺には、必ず土が敷きつめてあるものね」

「知っているのか」

「小学校のときに、〈都〉の博物館で本物を見たわ。横にミイラ化した遺体があって、そうなった年月日と、そうした相手の名前が書いてあった――Dと」

ショーシャの声には興奮がこもって来た。

「そのときでも名前は知っていたわ。こんなところで会えるなんて思わなかった」

「あの男をどうする？」

「わからない。でも、私を刺そうとしているのは、あっちよ。もしも予知夢だったりしたら、刺される前に身を守らなくてはならないわ」

「ひと思いに殺《や》るかの？」

いきなり声が変わった。ショーシャは愕然《がくぜん》と立ちすくんだ。わかってはいても驚く。変わり方の落差が激しすぎるのだ。

素早く頬に手を当てて、こわばりをほぐす。

「あなた——何か知っているんじゃありませんか？」

「何をだ？」

Dの声である。ほっとしながらも、ショーシャは疑いを拭《ぬぐ》わぬ声で続けた。

「——私が——どうなるか」

「何もない、と言えば安心するか？」

「——いえ」

「死ぬ、と言ったら？」

「………」

「信じるか。そんな人間に何を言っても無駄だ。ひとりで悩め」

「いつ——わかるの？」

「ボネハが言った。実験が成功すればやって来る、と」

「あの依頼人は何者ですか？」

「ヴァクスト卿だ。おれが見た絵の顔とも一致する」

「すると、あの大きな——墓の中にいるのは？」

「ヴァクスト卿だ」

「………」

「正しくは、その遺体だ」

「ますますわからないわ」

「わしらもようわからん」

ショーシャは胸を押さえ、うつむいてから呼吸を整え、ようよう顔を上げながら、

「お願いだから、あなたひとりでしゃべって」

と呻《うめ》いた。

「墓所にあるのは、おそらくヴァクスト卿の一部分だ」

「え？」

「それを人間の力を借りて、当人が浮かび上がらせようとする理由は、おれたちにもわから

ん」

「その一部分が卿と合体したら、どうなるの？」

「完全な卿が完成するだけだ」

ショーシャは頭を捻《ひね》ったが、思考は朦朧《もうろう》の中を漂うばかりであった。

「何故、ヴァクスト卿は、その一部分を切り離して、あんな凄い墓に入れたの？　自分はいままで何処にいたの？」

「それは、わしが話そう」

ショーシャはすべてを諦めた。

左手は得々と話し出した。

「卿を斃したのは、ざっと千五百年前。ひと晩に十名以上の犠牲者を出していた村々が共闘し、昼の間に居城を襲ったのじゃ。城の召使いに、ひとりだけ人間がいた。城の防御機構を無効にしたのは、召使いの功績じゃ。彼らは寝室に眠る卿の心臓に杭を打ちこみ、首を斬って永遠の死を与えた。しかし、それから村の中で、おかしな事態が発生しはじめた。卿の心臓に杭を打ちこんだ村長と、首を斬り落とした副村長が、ひっきりなしに、『何かおかしい』と口走るようになったのじゃ」

「二人とも？　おかしいって何が？」

「胸を刺した気がしない。首を落とした気がしない――ということだ。ヴァクスト卿はそれから二度と現われなかったが、二人は気が触れ、狂い死にしたらしい」

「墓の中のものはどうしたの？」

「さて。それに関しては、何も伝わっておらん」

「何にしたって、自分の一部分を納めた墓を、当人が捜し出そうってもおかしくない？　そして、私はどうして、その墓の夢を見るの？」

痛切な問いに、答えはなかった。


次の日、Ｄはボネハにあることを要求した。

「それはいいけど、依頼人――というか、ヴァクスト卿の居場所を捜すのは無理だ。私も何度か試した」

「おまえとおれは違う」

静かにＤに見つめられ、ボネハはたちまち折れた。

魔法陣の東の端に立ち、ボネハは〝捜索の宮〟の呪文を唱えた。Ｄは西の端でそれを聞いていたが、魔法陣の中心から液体が広がり、それが二重輪で停止するのを確かめると、左手を足下――陣の西の端に置いた。

溜まった液体からひと筋《すじ》の流れが、その手の平へと走り、さらに片膝立ちのＤの足下をかすめて戸口へと消えた。

　ボネハは呆然と白い筋の先を見つめ、

「この件で〝通過液〟が役に立ったのははじめてだ。あれはただのダンピールではないな」

　しみじみとつぶやいたときにはもう、Ｄの姿も消えていた。

「ヴァクスト卿の捜索か。ご苦労なことだ」

　後始末にかかったとき、裏の納屋――旧実験室から、地鳴りのような音が聞こえた。


　一時間ほど走ると、山のような森が迫って来た。白い筋はその奥へと続いている。

　陽射しも通さぬ木立ちの間を、Ｄの操るサイボーグ馬は易々と通過してのけた。

　五分で広い沼のほとりに出た。

　遙かな太古に生まれ、そのまま年を経たような沼であった。白い筋はその中に吸いこまれている。

　深い緑の水面には、木の葉一枚浮いていない。眼を凝らしても、頭上の木立ちしか見えなかった。

「ここか？」

「ここじゃ」

　Ｄはサイボーグ馬を下りてすぐ、水際に近づき、左手を手首まで漬けた。

　蒼穹《そうきゅう》が色を失い、雲が蠢きはじめる。遠い雷鳴はすぐに頭上に達した。

それが光と化して木立ちを直撃しても、裂けた木立ちが火を噴いても、Dは微動だにしなかった。

「青の一閃」

嗄れ声のつぶやきとともに、正しく青光が沼の中心を貫いた。

「よし、来るぞ」

Dはゆっくりと左手を引き上げはじめた。

それに伴い、水中から何かが浮き上がって来た。波がDの足下に打ち寄せた。

浮上したのは鉄の柩《ひつぎ》であった。

水中へ消えた白い筋がその底部へと続いている。

Dは水中に足を踏み入れた。水はくるぶしまで届いた。浅瀬はない。踏み出した下は数メートルの深さであった。その上を、Dは妖々と進んだ。実に彼は白い筋を踏んでいたのである。

柩に辿り着くまで三十秒を要した。

沼の真ん中——柩の前で、彼は一刀を抜いた。

整然たる動きが乱れたのは、次の跳躍の刹那《せつな》であった。白い導線が忽然《こつぜん》と消滅したのである。

一刀をふるえず、Dは水しぶきを上げていた。

同時に、柩は緑の水中に没している。

「ボネハの妖術が破れた。何かあったな」

左手の声は、水の中でした。

急ぎ駆け戻ったDの見たものは、納屋の前でひっくり返ったボネハの姿であった。上体を起こし、膝で活を入れると、彼はすぐ覚醒し、事情を説明した。

Dが出かけてすぐ、納屋から妙な音がしたので駆けつけると、扉も窓も錠が下りていた。叩いてもびくともせず、窓は鉄鋼ガラスである。内側からは何やら鞴《ふいご》を動かすような音がする。

「見えないが、火を熾《おこ》していたらしい」

何をすると扉をガタガタやっていると、いきなり開いた。ついでいきなり額に何かが激突し、彼は失神した。気がつくとDがいた、という。

音は続いていた。

ハンマーが鉄を打つ響きだ。

必要な道具も材料も揃っているのは、Dにもわかっていた。

それ以外のものもあった。ショーシャはそれに取り憑かれたのだ。

Dは左手をドアに押しつけた。

「いかんな。銀河の変換エネルギーを使っておる。次元から攻めなくてはなるまいて」

Dはボネハをふり返って、

「火を用意しろ」

と告げて、左手の平を地面に押しつけた。

異様な音が聞こえた。咀嚼音であった。

「ふむ」

ボネハは興奮の表情でうなずいた。

「少し待て」

母屋へと走った。

暖炉で燃える石炭をひとつ、手に取って戻った。

Dは左の手の平を上に掲げていた。

天がごおと鳴った。風の唸《うな》りだった。唸りは渦を巻いてDの手の平に流れこんだ。

「〝地水火風〟か」

ボネハはこう結論した。

「これなら異次元につながる。しかし、〝水〟はどうする？」

風が熄《や》んだ。

「これだ」

灼熱する石炭を手渡した。Dは左手の平に乗せた。どちらも少しもためらわなかった。手の平に生じた口が、石炭を呑みこんだ。

「すべて揃った」

嗄れ声が、ボネハの疑問を再燃させた。

Dの口もとの朱色の点に彼は眼を奪われた。血だ。すると、この若者は唇を嚙み破って、滴る血を左手に呑ませたのか。

「よし」

左手が小さく叫んだ。

Dは手の平をドアに当てた。

ずうん、と家全体が鳴動し、ドアは内側へ倒れた。

Dの後から入ったボネハが、おお、と眼を見張った。

3

西の隅に巨大な溶鉱炉が燃えていた。燃料はかたわらに山と積まれた石炭であった。

炉の底部から東の方へ、斜めにパイプが走り、その先端から濛々《もうもう》たる水蒸気が噴き上がっている。視界が良好なのは、天井に開いた通気孔がそれを吸い上げているからであった。そして、激しい槌音《つちおと》は、白煙の中から響いて来る。

どの品もボネハには見覚えがあった。だが、数時間のうちに、どれも数トンを超すそれらを組み合わせ、燃焼させるとは。

「どうやって動かした？　何トンも必要な石炭をひとりで詰めたのか？　冷却用の水は何処から得た？」

　呻くような声に、応えたものがある。

「呪術士が驚くな」

　左手であった。

「あの娘は途方もないものに取り憑かれておるのじゃ。いや——憑かれたのではなく、そもそも本人が——」

　槌の響きが熄んだ。

　間を置いて、蒸気の向うからハンマーを手にした人影が現われた。

　ショーシャであった。

　眼が紅く燃えている。

　問題は顔から下であった。手足も胴も鉄の鎧で覆われているのだ。

「あれを作っていたのか」

「らしいのお。しかし、サイズが合っとらんが」

　確かに大きすぎる。胴体などショーシャの眼の下にまで達している。動きが滑らかなのは、鎧自体に移動能力があるためと思われた。

「ここまで来たか」

とショーシャは言った。野太い男の声であった。

「だが、遅かった。鎧は貰っていくぞ」

Dが訊いた。

「ヴァクスト卿か？」

「そうだ。じきに会えるだろう」

ショーシャが笑った。眼だけで笑ったのである。その頭部へ走ったDの一刀は空中で停止した。

どっと倒れたショーシャは全裸であった。鎧は忽然と消滅したのである。

左手を額に当て、

「異常はないの」

軽々と抱き上げて、ショーシャの部屋へ運んだ。幸い衣服は残っていた。ベッドへ横たえ毛布を被せた。

「しばらくは眠りつづけるじゃろう。だが、今度起きたときは――」

Dは黙って部屋を出た。

ボネハの姿はなかった。

不意に走った。

外には夕暮れが迫っていた。

母屋の実験室で、ボネハは魔法陣の前に立っていた。膝まで水が達している。

低い呪文がDの耳に届いた。

「これは——前と違うぞ」

左手の声は叫びに近かった。

見つめるDの眼前で、巨大な石の建造物が姿を現わしつつあった。

「出るか、ヴァクスト卿の墓所よ？」

天井が崩れて来た。

左右の壁が押し破られていく。

浮上する物体は質量を備えているのだ。

「おおおお、ついに」

Dの全身に影がのしかかった。

Dがふり向いた。気配を感じたのだ。

戸口に紫衣をまとった長身の影が立っていた。

「正しく、じきにだな、ヴァクスト卿」

「Dか——しばし待て」

影は入って来た。

壮漢は、呪文を終えて立ち尽すボネハに近づいた。

「これは私とこの男との契約だ。邪魔をするな」

そう言って、ボネハの前に立った。墓所の浮上に死力を尽した呪術士は、立ったまま失神していた。

青白い顔の中で異様に紅い唇がその首すじへ――

Dが地を蹴った。着地と同時に一刀がヴァクスト卿の心臓を背後から貫いた。

それは水を抜けるように紫衣の胸へと抜けた。

「やはりな」

左手の声より早く、刀身は意志を持つごとくに反転し、その首を薙《な》いだ。

間一髪で躱《かわ》したのは神業としか思えない。だが、紫の衣裳は胸の下で真一文字に斬り裂かれ、ぱらりと隠された胸をさらした。

そこに胸はなかった。いや、胴体そのものがなかった。

Dの眼に映ったのは、向う側の景色だった。

左手の声が走った。

「醜いぞ、ヴァクスト卿」

紫衣の全身が怒りに震えた。

「黙れ！」

一旋した身体から刃が生えた。

それを受けたDの刀身が火花を散らし、双方の描く軌跡は上段から下段へ、下段から上段へ
——千分の一秒の差か。ぼっと肉と骨とが断たれる無惨な音がした。

「おのれ——D」

声はよろめきつつ戸口へと遠ざかった。

ヴァクスト卿の押さえた首すじから、鮮血が滴り落ちていた。

Dは追わなかった。片膝をついていた。ヴァクスト卿の刃は、彼の右膝を割ったのである。

「やるのお」

左手も感心した風だ。

Dはすぐ立ち直り、後方の墓所を見つめた。

「墓所が浮上すると同時に、ヴァクストも甦った。これからだ」

「仰せのとおりじゃな」

背後で悲鳴が上がった。ボネハが正気を取り戻したのだ。

「何だこれは？　これは何だ？」

と喚き散らすのを、

「うまくやったな。だから、ヴァクストがやって来た」

「それは、まあ。しかし、どうして、こんなものを……おい、あの娘はどうした？」

裏に被害は及んでいなかったため、ショーシャは無事だったが、眠りから醒めない。

「このまま醒めぬが、この娘のため、か」

「後一日——このままにしておけるか」

Dはボネハに訊いた。

「何とか術をかけてみよう」

「呪縛陣にかけておけ」

「わかった」

背中を向けたDを見て、

「何処へ行く？」

「村だ」

「こんな時間にか？」

「阿呆、貴族の時間だぞい」

そして、貴族は甦《よみがえ》った。左手の言うとおりだと思ったが、ボネハは何となく腹が立った。

陽が落ちれば、人間の住む世界は扉を固く閉ざす。たとえ、貴族が滅んだとしてもだ。

もしも、灯りが点っているとすれば、そこは、そうせざるを得ない場所——飲み屋《バー》だ。

十数メートルの位置で、

「血の臭いがするの」

と左手が言った。

「おまえにもわかっておろう、こりゃキツい。相当やられたぞ。おまえにやられた憂《う》さ晴らしだ」

かなり広い店であった。

ドアが開いている。

凄まじい血臭が洩れて来た。

そこから想像し得る光景を、店内は裏切っていた。

みな、カウンターやテーブル席について、グラスを手にしている。

Dが一歩入ると、一斉にこちらを見た。

青白い顔の中の紅い唇の生々しさ、

「いらっしゃい」

とバーテンが声をかけて来た。店の奥を向いたまま。

「どーも」

左手の挨拶に少したじろいだが、

「腹話術かい？」

Dは店内へ進んだ。

「遅かったようだな」

と左右を見廻す。

こちらを見向きもせず、グラスを手にした男たちが、

「何がだね？」

と訊いた。

Dが腰から小刀《しょうとう》を抜いて、半回転させると、客たちの方へ突き出した。短い柄《つか》と鍔《つば》とがは十文字《クロス》を構成していた。

絶叫が店内に満ちた。全員が顔をそむけ、奥へと身を泳がせる。どの顔も牙を剝いていた。

「き……貴様は……何者だ？」

バーテンが訊いた。

「さすがヴァクスト卿。数時間でこれだけの人間を下僕に変えたか」

Dは小刀を普通に持ち替えた。

客のひとりがバック転しざま襲いかかって来た。

その胸を小刀で貫き、仲間たちの方へ投げつけざま、Dは一刀の下に、バーテンの首を刎《は》ねた。

客は九人いた。八人は何も出来ぬまま心臓を貫かれ、ひとりは胸もとに切尖《きっさき》を突きつけられ

て硬直した。

「ヴァクストは何処にいる？」

「村の……何処か……おれたちの血だけじゃ……足りなくて……」

その心臓をひと突きにして、Dは店を出た。

血に飢えた悪魔は、もはやその欲望を露《あら》わに人々を襲っている。この村の住民すべてがその下僕と変われば、Dは彼らを全員始末しなければならなかった。

闇の中で、Dは左手を掲げた。

手の平に小さな口が生じ、ごおごおと空気を吸いこみはじめた。

すぐに、音は消え、

「あっちじゃ」

左手は自然と東の一方を差した。

目的地は村長の家であった。

ドアに錠は下りていない。居間も無人だった。Dは足音をたてずに走った。

寝室へ入ったとき、娘らしい若い女のかたわらに、紫の塊が固まっていた。娘はベッドに横たわっていた。

「貴様――」

立ち上がったヴァクスト卿の唇と牙は鮮血に濡れていた。首すじの傷は跡形もない。

窓へと走る影を二すじの光が追った。白木の針である。

窓ガラスを砕いて飛び出した影は、中庭を三メートルも走らずスピードを落とした。

針の一本が右のふくらはぎを抜けていた。

その前に黒ずくめの影が立ちはだかった。

ヴァクストの剣《つるぎ》が腰へと走った。軌跡が乱れた。ふくらはぎの痛みか。空を切ったその頭上から、唸りを連れてふり下ろされたDの一刀——ヴァクストの頭部から顎先までを一気に断っていた。

だが、見よ。Dが剣を抜いた途端に傷口は粘着し、糸のようになり、みるみる消えていく。

貴族の再生能力——それこそ不死の秘密であった。

Dの刃は、次の瞬間、卿の首を刎ねていた。紫衣の姿はよろめき、仰向けに倒れた。布が外れ、内側のものを露わにした。首と四肢とを細いワイヤー—がつないでいる。腰のあたりに装着された銀色の円筒が、彼ら用の生命維持装置かと思われた。数秒で、Dの足下には塵だけが残った。

どよめきが上がった。

娘の寝室の窓から、二つの顔が覗いている。異変に気づいて駆けつけた村長とその妻であった。

翌日、村全体が煮えくり返る騒ぎになったが、村長はヴァクスト卿の出現とDの戦いぶりを告げ、すべてをよしとした。〈辺境〉である。一夜のうちに夫や父を失くした家族も納得せざるを得なかった。保証金も十分に出すと村長は約束した。無論、Dの指示である。

ボネハの庭に出現した巨大な建造物にも近づくなと言われ、村人たちは一も二もなく承諾した。彼らの手に余るのは、一目瞭然だったからである。

Dとボネハは墓所の出入口の調査をはじめたが、すぐに諦めた。

「かなり無理をしないといかんな」

左手が渋い顔を作った。

「また、あれかい？」

ボネハは、ショーシャを救い出した四元素の集合を思い出して興奮した。

ふと、Dが裏庭に通じる戸口をふり返って、

「その必要はない」

と言った。

ショーシャが立っていた。ボネハの眼を見張らせたのは、ふたたびその全身を覆っている鎧だった。

「一体、何処に？」

頭を抱える呪術士へ、

「あれを打ったとき、隠し場所もこしらえてあったのじゃろう」

と左手が言った。

二人が見つめる中を、ショーシャは石の階段を昇り、建造物の奥へと向かった。

Dとボネハも続く。

歩を重ねるにつれ、そこはひとつの城のごとく思われて来た。

ひとつ角を折れるごとに四囲は姿を変え、暗黒の空に稲妻が閃いた。

やがて、ショーシャは足を止めた。

巨大な天井と石柱に囲まれた黒い扉が三人を見下ろしていた。

ショーシャは胸前の一点に押しつけた。左手の平を。

一秒——二秒——

五秒で重い音が鳴った。錠が外れたのだ。

ショーシャの前で巨大な扉が右へずれ、しなやかな身体が吸いこまれた。Dとボネハが続く
とすぐに閉じた。

Dが左手を扉に当てた。

「よし」

と嗄れ声がした。

ショーシャの後を尾けて、幅が百メートルを超す通路を進み、天まで届くかと思われる石段を上がった。

やがて、広大な広場へ出た。天地の果ても境もわからぬそこは、宇宙と宇宙との死闘場所と思われた。

その中央——床の上とも空中ともつかぬ地点に、石の柩があった。Dが沼で見たヴァクスト卿の柩と瓜二つの品であった。

ショーシャは黙々と進んでいく。

歩きながら、胴を外し、手足の装甲も外した。

その手の中に長い光が現われた。

柩の蓋が大きく開いた。

「いかん！」

左手の声より早く、Dが走った。

血の霧が奔騰《ほんとう》した。

ショーシャの細腕は一気に自らの首を切断してのけていた。首は血の帯を引きつつ柩の中へ飛びこんだ。外した鎧が後に続く。一連の動きに停滞はなかった。合間は数瞬であった。

柩からすっくと立ち上がったものは、たくましい胸部と四肢を備えた鎧武者であった。

その胴の頂きから二人を見下ろす狂気の主は、ショーシャの顔であった。

「〝選ばれし者〟か」

左手が痛ましげにつぶやいた。

Dが走った。

二つの影が重なるや、鋼の響きと――火花が上がった。それは、周囲を閉ざす宇宙の暗黒物質《ダーク・マター》に、生命はなお息づいているぞと告げる宝石のようであった。

三度打ち合い、Dの刀身の四合目は、卿の下段――左腿へと流れた。

カン、と音をたてて腿から下が飛んだ。それは空洞であった。

がくりと膝をついたヴァクスト卿に駆け寄り、本物はそれしか残らぬ胴体の胸部へ必殺の刀身を送りこもうとするDを、ショーシャの顔が見つめた。

可憐な顔は哀しみを湛《たた》えていた。

まさか、遅れたのか、Dよ。

黒衣の胸を貫いたのは、敵の一刀だった。

ショーシャの顔が笑った。否、残虐な勝利の笑みは、ヴァクストのそれであった。

一刀を引き抜くや、Dの首へ横殴りに――だが、ショーシャの顔はのけぞった。

その胸から短刀の切尖が生えていた。

「おのれ、おのれえ」

空を摑んで転倒するヴァクストに躍りかかるや、Dはためらいもなくその首を断った。遠い何処かに落ちた少女の首は、安堵《あんど》の色を刻んでいた。

救いの主は、胴の後ろにへたりこんでいた。

「夢のとおりだ。おれも見た、あの娘も見た」

呪術士ボネハは虚ろな声を絞り出した。

「ヴァクストが依頼に来たとき、おまえの呪術士としての勘が、奴の復活の危機を予知したのだ。ショーシャの運命もな。自分がすべきことを、おまえは夢を通して見た」

左手の声に応じることも出来ずにいる呪術士を抱き起し、左手には正しく鉄の胴体を抱えて、

「墓が死につつある」

とDは言って走り出した。

左右は暗黒と化し、背後から何やら巨大なものが押し寄せて来るような地響きが追って来た。崩壊の音であった。

入って来た扉が迫って来た。背後の音も。

「閉まってるぞ」

ボネハの絶望的な叫びを、扉を押さえる左手が消した。

扉は開いたのだ。

Dはボネハの実験室の床の上で、魔法陣の中心へと傾き沈んでいく貴族の墓所を見送った。

「あの娘も——これでおしまいか。何か空しくないか？」

ボネハの声は、鎮魂の祈りであったかも知れない。

「それでは、な」

左手の挨拶にボネハが気づいたのは、数分後のことである。

墓所は消えていた。ショーシャはいなかった。

そして、黒ずくめのハンターの姿もまた、彼の視界から失われているのだった。

第六章　蘇生集合隊

1

濃い灰色の空が、白い破片を果てもなく吐き出す――それが〈北部辺境区〉だ。

雪に埋もれた古代人類文明の痕跡、永久凍土の下に眠る貴族の遺跡――それらを観光の目玉にすべく過去何度か発掘調査が試みられたが、成功した例はない。失われたものは、形のみ人々の網膜に灼《や》きつけながら、失われたままに留まるのだ。

その廃墟がどれほどの時を経ているのか、知る者はいなかった。

だが、近隣の村の最も年老いた古老たちの、死の虚無が膜を下ろしたかのような双眸《そうぼう》がふと、見た者すべてが氷柱と化すような恐怖の色を噴くとき、口を衝くのは、

「〈神祖の城〉」

のひと言だという。

そう呼ばれていたのである。

貴族の王――吸血鬼たちの大帝と讃《たた》えられる魔人は、その城で何をしていたのか、答えられる者は無論ない。

そも、現在の村が二千年ほど前に出来上がったときにはもう廃墟と化しており、それ以前のことは誰も知らぬのだ。

村の北の端から見上げるそれは、峨々《がが》たる山塊の凸部に虫のように身を伏せて、パイプとも触手ともつかぬものを四方に広げている。蜘蛛と呼ばれるのは、このためだ。

人々は猟に出るときも、魚採りに向かうときも顔を伏せ、眼を閉じ、廃墟を見ずに済むところへ辿り着いたとき、ようやく周囲の光景を理解するのだった。

古老たちの衰亡し切った脳を甦《よみがえ》らせる恐怖とは何なのか？

それを考える者もいつの間にかいなくなり、廃墟は山腹になおも黒々と妖しくも堂々たる構えを誇っているのだった。

そこへ人が訪れたという事実はない。年月が恐怖を希薄化させてしまっても、なお、人々はそこへ決して向かおうとはしない。

〈神祖の城〉であるがゆえに。

そして、いま訪れる者がいる。

〈神祖の城〉であるがゆえに。

　サイボーグ馬にまたがったその旅人は、鍔広の旅人帽を目深に被り、漆黒のコートの背を飾る一刀にも凄愴《せいそう》な凄みを湛えて村を過ぎた。話しかける者はいなかった。もっともそれは、ひと眼で魂まで吸い取られるような美貌のせいであったかも知れない。

　すれ違った何人かを陶然《とうぜん》たる立像に変えると、彼は村を出て、山腹への道を昇っていき、じき視界から消えた。サイボーグ馬の背にはもうひとつ、大きな布袋が揺れていた。村人のひとりは、その口から人間の腕の先が見えたと証言した。

　村人は怯《おび》えた。

　凍てついてはいるが晴天の空が、突如雲を増し、稲妻さえ閃《ひらめ》かせたからだ。


　城の大扉が、風のせいではなく激しく鳴ったとき、ミリアム・ラケイダ教授以下の調査団は、その場に凍りついた。

「誰ですかね？」

　助手のオットーが、火薬長銃を握りしめた。

「村人が言ってた野盗じゃありませんか？」

　と別の助手が恐怖の眼で扉を見た。他の七名――都合十名の視線が大扉に注がれた。

「何にしても、この城のもとの住人よりは安全よ」

ミリアムは一同を見廻し、初老の白衣姿へ、

「開けてもよろしいですか、ザックス教授？」

と訊いた。この調査団のリーダーである。

「確かめてみよう」

ザックス教授は、手にした影像をテーブルに置いて、ホールへと出て行った。貴族独特の過去嗜好のため、城には看視モニターの類は一切ない。

ミリアムとオットーが同行した。

すでにノックの熄《や》んだ扉の前で、教授は真鍮の伝声管に、

「どなた？」

と訊いた。

「旅の者じゃ。一夜の宿を貸してもらいたい」

嗄《しゃが》れ声だが陽気な声音が、ザックスたちを安堵《あんど》させた。

「宿なら村にあったはずよ」

ザックスのかたわらに近づいていたミリアムが強い口調で言った。

「山越えなら別の道がある。わざわざこの城に御用でも？」

「生意気な女め。ここはわしの城じゃ」

驚くより呆れるより、ミリアムは吹き出してしまった。こんな寝言を言う爺さんははじめて

だ。同時に戦慄《せんりつ》が走った。ここは老人が単身でやって来られる場所ではなかった。彼らも丸一日かけて、辿り着いたときは死ぬ思いだったのだ。

しかし――どう考えても、性悪とは思えない。

後ろの連中をふり向くと、みなうなずいた。

古代風の閂《かんぬき》を外すと、声からは想像もつかない若者が入って来た。他に声の主らしい者はいない。

ザックスが前へ出て、

「君は？」

声は溶けている。

「Ｄ」

その声は白く輝いた。稲妻だ。轟きは少し遅れて届いた。

「ハンターだ」

「ああ。聞いたことがある。どえらいハンサムと聞いていたが……まるで……」

「貴族のようだわ」

とミリアムが引き取った。

「雨宿りじゃないわね」

「おぬしらは何じゃい？」

全員が眼を剝《む》いた。世にも美しい若者は、コートのポケットに、性質《たち》の悪いオウムでも飼っているのか？

「私たち、〈都〉から来た〈神祖遺跡調査団〉よ」

とミリアム。

「また、無駄なことを。あいつのしでかしたことを、人間が理解できるものか」

あいつ――空気がざわめいた。

ミリアムは目の焦点をボカしてDを見つめた。

「いまの――あなたよね？〈神祖〉をあいつ呼ばわり出来るの？」

「マブダチよ。はっは――ぐえ」

「勝手を言うが、明日の朝、ここを引き払え」

氷のごとき声音に、みなまた驚き、しかし、ほっとした。これこそ彼らの想像していたDの声だ。

「何故だね？」

ザックス教授がDを睨《にら》みかけて――そっぽを向いた。術にかかってしまう。

「おれはここであるものを待つ。その間、幾つもの死がここを襲うだろう。その中に入りたくなければ、出て行くのが得策だ」

「どういう意味だね？」

Dは答えず奥へと進んだ。そのときようやく、一同はその背に負われた大きな布袋に気がついた。

「おまえらの邪魔をするつもりはないわい。好きなようにするがいい。忠告はしたぞ」

調査団員たちは顔を見合わせた。Dに関する謎もあるが、この城の奥は、彼らがどんなに努力しても開かぬ扉の山だったからだ。

「ザックス教授——まさか、彼……」

ミリアムは呆然としていた。美貌《びぼう》と怜悧《れいり》を兼ね備えた学問の権化のような女の反応に、驚く者は誰もいなかった。

「Dと言ったな。ただの腕利きではないと聞いている」

「どうするおつもりですか？　このままだと、調査に支障を来たしかねません」

ザックスは沈黙した。

その表情を読んだミリアムの胸の中に、凄まじい恐怖がふくれ上がった。

その表情を読んだ者がいた。

「オットー⁉」

小柄な助手は、長銃を肩付けした状態でDを追った。他に二人。火薬短銃を手にしている。

「止まれ！　勝手な真似は許さんぞ。我々は〈都〉から正式な許可を受けている。邪魔者は排除するぞ」

「〈都〉の政府からではないのか?」

低いはずの声が、彼らの耳には大ホールに響き渡る城主の下知のように聞こえた。

「いつから貴族と同じ呼び方をするようになった?」

「う、うるさい。とにかく、出て行け」

オットーの表情も声も常軌を逸していた。

「よせ」

ザックスが止めるより早く、ミリアムが二人の間に割って入った。

「どいて下さい!」

「よく考えて。〈神祖〉をあいつ呼ばわりした人よ」

語尾が揺れたのは、声の相手を断定しかねているからだ。

「しかし、これからってときに、こんな奴にウロチョロされては。時間も予算もギリギリなんですよ」

「いつものことよ」

このやりとりなど無きもののごとく、Dは進み行く。

「待て」

オットーたちが追いすがり、狙いを定めたのは、巨大な開《あ》かずの扉の前であった。黒い表面に焦げ痕《あと》がついているのは、一昨日、ダイナマイトを爆発させた名残だ。無論傷ひとつつかなかった。

成り行きを見守っていた全員が、眼を剝いた。

Dは止まらず、開かずの大扉は大きく開いて彼を呑みこんだのだ。

「まさか」

ミリアムの言葉は全員の思いであったろう。

我に返って走り寄ったとき、Dを呑み込んだ扉はふたたび彼らを拒否していた。


全員が奇妙な悪夢に取り憑かれ出したのは、その晩からである。

悲鳴を上げて跳ね起きると、あちこちで同じ現象が生じている。

話し合ってみると、金縛り状態で首のない男が迫って来るという。絢爛豪華《けんらんごうか》な衣裳からして貴族に違いない。だが、そこで跳び起きてしまうから、それ以上のことはわからないままだ。

調査はむしろ順調に進んだ。夜の恐怖を忘れるべく、全員が精神を集中したのである。

〈都〉からの要求は、俗に言う〈神祖の実験〉を明らかにすることであった。

全貴族に君臨したこの大魔王は、五千年ほど前に忽然《こつぜん》と姿を消したが、その寸前まで極秘の実験を行っていたということが、卑俗な歌謡や言い伝えに残っている。しかも、最近の研究によると、貴族と人間双方の根本的存在にかかわる大実験であったという。

数千を数える学者から山師までが、〈神祖〉関連の遺跡に殺到し、〈神祖〉に関する様々な情報が乱れとんだ。結果は、何ひとつ本物ではなかった。他の貴族なら易々と判明している事実も、〈神祖〉に関しては謎のままであった。

現実と概念ともに拒絶の扉が高々とそびえ立っていた。Dと名乗った若者は、現実のそれをいとも容易く開いてしまったのであった。

いま、またも閉ざされた扉の奥で、いかなる事態が生じているのか。普通なら仕事も手につかぬ状況である。そこへ悪夢が襲って来た。調査団員たちは、それを撥《は》ねのけるためにも、眼前の仕事に没頭せざるを得なかったのである。

だが、誰の胸にもある事実が、稲妻が石板に穿《うが》った太古の戒《いまし》めのごとく灼きつけられていた。Dの消えた扉の彼方へ行かなくては、今回の調査は意味がない、と。

それから五日が過ぎ、それなりの成果は手に入った。しかし、それらはみな、過去の成果から容易に割り出されるものにすぎなかった。〈神祖〉に関する新事実の発見は皆無だったのである。

ついに調査団員のひとりが、ホールの小卓を床に叩きつけて叫んだ。

「Dよ、出て来い。扉の向うへおれたちも連れていってくれ」

その願いが叶ったのは、夕暮れどきであった。

ホールでの夕食の後、休憩に入った。

ミリアムは玄関の外へ出て、ぼんやりと下界を眺めていた。

荒涼を極める岩塊の間をひとすじの道が麓《ふもと》へと続き、木立ちに囲まれた村には明りが点っていた。

それらを朧《おぼ》ろな影が通り過ぎた。

「D」

その名が正しかったかどうか――そんな影であった。

幸い、それは足を止め、呼び名どおりの美しい若者となった。彼が通過して来たホールから、声ひとつ上がらないのが不思議だった。影は気配も足音もたてない。美しい影ならなおさらに――そう思うしかなかった。

Dはミリアムの隣で同じ方角を見下ろしていたが、

「何か見たかの?」

彼女には絶望しか感じさせない声で訊いた。

「――何も」

「ふむ。まだ本格的に活動する気がないらしいの。様子見じゃ」

「何のこと?」

答えず、Dは視線を虚空に移動させて数秒――不意にミリアムをふり返った。

「一刻も早く出ろ。危険が迫っている」

「その声がいいわ――でも、危険て何?」

「誰かが選ばれる。それまでも、そうなってからも、異変は続くだろう」

不意に彼は身を翻《ひるがえ》して下方へ眼を据えた。

「早く行け」

声だけを残して身を躍らせた。

2

ミリアムは息を引いたきり、二十メートルも下の岩棚に着地し、間髪入れずもうひと跳び――視界から消えていった美しい人影を見つめた。

仲間たちのところへ戻ってDの話をすると、誰ひとり気がつかず、そういえば風が通り抜けていったような、とつぶやいたのがいるきりであった。ひょっとしてと、奥の扉を試してみたが、びくともしなかった。

「彼の存在は我々にとって悪いことではありません。ですが、忠告は気になります」

ミリアムの言葉に、ザックス教授は、

「かといって、忠告を入れて退去するわけにもいかん。成果を上げていないどころか、奥の間へ入ることも出来ぬのだ。ここで引き上げては、政府から厳罰を与えられた上、学界からも糾弾されるのは明らかだ。二度と陽の当たる場所には出られんぞ」

「ですが、生命の問題かと考えます」

「研究のために生命を捨てるのは学者の本分だ。それを怖れるような者は、今度の調査団の中にはひとりもおらん」

「ですが、この城は何処《どこ》か異常です。他の貴族のものとは根本的に異なります。現に、〝呪い鳥〟が一匹斃《たお》れ、もう一匹も瀕死の状態です。死を怖れるものではありませんが、犬死には辞退します」

〝呪い鳥〟とは、古代の遺跡にまとわりつく呪いや妖気を未然に察知させるための鳥である。その鳴き声で人間《ひと》は貴族の呪いの強さや期間を判断する。

「鳥は死んだが、我々は生きておる」

ザックスはテーブルを叩いた。

そこへ、団員のひとりが足早にやって来て、

「団長——ジェイドが倒れました」

只ならぬ表情で告げた。

飛び出してみると、ホールの西の端で壁画を調査中の若者が白眼を剝いていた。こと切れているのは明らかだった。

それまで異常のかけらもなかったのが、急に呻《うめ》いて倒れ、それきりだったという。すぐ検査したが、原因不明の心臓発作というしかなかった。

つぶやくオットーを、ザックス教授は激しく叱咤《しった》した。

「祟りでしょうか」

奇怪な死者の出現を忘れようと、彼らは調査に没頭した。だが、ホールと両隣の小部屋以外の扉は固く閉ざされ、最新の研究機器を活躍させるチャンスもなかった。

さらに数日が過ぎ、ザックス教授の顔にも焦燥と疲労の翳《かげ》が色濃くこびりついた。

死者は出なかったが、ホールの中にもうひとりいる、と言い出す団員が続出したのである。

調査中、或いは休憩中、ふと気がつくと、若い男がこちらを見ている。はっとすると、にやりと笑って消えてしまう。この証言が五人から寄せられ、すべてが同じことから、幻ではないと判断が下された。現在《いま》は何をするわけでもないが、不安は拭《ぬぐ》えないし、作業にも支障を来たしはじめていた。

困惑するザックスへ、

「こうなったら、D頼みね」

ミリアムは奥の扉の前へ行き、大音声でこう叫んだ。

「D――聞こえたら、この扉を開けて下さい。私たちのためにではなく、人間の未来のために。この扉はそこへ通じているはずです。あなたはそれを知って、私たちを近づけまいとしているの？　それでも構いません。一度、会って話を聞いて下さい」

気がつくと、全員が扉を見つめていた。絶望と憧憬と恐怖と希望——しかし、人間のあらゆる思いを〈神祖〉の扉は屹然《きつぜん》と拒んでいるのだった。


その日の午後、変化が生じた。

玄関の外で休憩していた団員が、胸に矢を立てて戻って来たのである。

後を追うように乱入して来たのは、二十名を超す野盗の群れであった。

討伐隊に追われた彼らは、〈西部辺境区〉からやって来たと告げ、昔からこの城の存在は知っていた、調査団とやらが入ったと聞いて、おすそ分けにあずかろうと訪問したのだと、至極丁寧な口調で言った。

「それは気の毒に」

とザックス教授は肩をすくめた。

「研究の成果が欲しければ、みいんなくれてやろう。我々は、いま君たちのいるホールと両翼の小部屋以外、一歩も城の中へ入っておらんのだ」

「おいおい、ふざけるなよ」

野盗の首領は嘲笑した。

「これだけの人数がこれだけの機械を用意して、半月近くかけた挙句に、何にもわからねえ、だ？　寝言は寝てから言え」

いきなり拳をふるった。ザックスは床に倒れた。凍りつく調査団の中からミリアムが割って入った。

「やめて――本当のことよ。ねえ、あなた方本物の野盗なら、金庫とかの爆破用の道具を持ってるでしょ。扉を破ってくれない？」

首領と副首領が顔を見合わせた。

「冗談じゃなさそうだな。金目のものは、この奥ってことか」

「そうよ」

首領は苦笑を浮かべてミリアムの腕を摑んだ。

「あんた相当変わってるな。古いものを調べる学者が、扉とはいえぶち壊せとは驚きだぜ」

「必要なのは扉の向うの品よ」

「同感だ。おれたち気が合いそうじゃねえか」

「どうかしら」

ミリアムは、首領の手首を摑《つか》んで、そっと腕から離した。

彼は後方を向いて、

「〝リキヤ〟を出せ」

と命じた。

外から、モーター音と巨大な影が入って来た。

二本の鉄脚で支えられた壕《トーチカ》といえばいいだろう。半円球の壕は、レーザー砲、粒子砲、火薬式連発銃がハリネズミのように八方を睨み、二基のミサイル・ランチャーさえ備えていた。

「やめてくれ。ミリアム教授の言ったことは冗談だ」

ザックス教授が首領に詰め寄ったが、また殴り倒された。

その首領の頬が派手な音をたてた。ミリアムの平手打ちが決まったのだ。

首領の頭が少し揺れた。猪首が衝撃を支えた。

銃や弩《いしゆみ》を向ける子分たちに、よせと命じ、

「いまの一発――あんたの上司に償ってもらおうか」

〝リキヤ〟を指さし、同じ手で扉をさした。

三個の関節で器用に重さを分散させつつ、歩行戦闘機は、ガシャガシャと扉の前に辿り着いた。

「粒子砲《タフ・カラー》でよかろう」

強化ガラス張りのコクピットに入った操縦者《パイロット》がうなずき、みな後方に退いた。

「やめろ」

ザックスの叫びが合図でもあるかのように、まばゆい真紅の光が大扉に集中した。こぼれた液状粒子《シズル》に触れた開扉器が火を噴いた。

どよめきが上がった。

いるのだった。

原子核さえ分解する熱線の照射に、黒い扉は色を変えもせず、無言の拒否と嘲笑を維持して
「床も平気だ」

と副首領が呻いた。

「こりゃ、奥へ行くまでもねえぞ、ボス。この扉も床もひっぺがして〈都〉の好事家に売りつけりゃあ、とんでもねえ値段がつくぜ」

「どうやってひっぺがすんだ?」

「………」

「パンチを食らわせてみろ」

〝リキヤ〟には、二本の腕《アーム》がついていた。噂では、五指を使って編み物もこなすそうだ。

続けざまにストレートをかまし、三発目で諦めた。指と腕の関節部に異常が発生したのである。

「駄目か」

ミリアムが侮蔑の視線を首領に送った。

憤怒の形相に変わった首領の顔が、もう一度変わる。

〝リキヤ〟のコクピットのカバーが跳ね上がるや、パイロットがよろめき出たのである。

「どうした?」

子分のひとりが叫んだその声を突き破って、パイロットは頭から床へ落ちた。

仲間が駆け寄って脈を取り、瞳孔を調べた。

「死んでます」

「原因は？」

「わかりません。持病があるとは聞いてません」

「祟りだ」

オットーであった。声も身体も震えていた。

「〈神祖〉の祟りだ。誰もここへ来てはいけなかったんだ。ここは墓だ。一刻も早く出て行こう。みんな逃げるんだ」

いきなり、玄関の戸口へと走った。

銃声が上がった。いったんのけぞった身体は、しかし、戸口を抜け、ベランダの手すりを越えて落ちていった。

「放っておけ」

首領は火薬短銃を納め、

「しかし、これでは来た甲斐がないな。何かで代用しねえとな」

にんまりと歪めた唇は好色そのものだった。その先にミリアムがいた。

夜。寝袋に入っていたミリアムは、首領に揺り起こされた。

「何よ？」

睨みつけると、

「黙ってついて来い。仲間を殺したくなけりゃあな」

本気だと一発でわかる声であった。

寝袋を出たミリアムを、首領は右翼の部屋へ連れこんだ。

すぐに抱きついて来た。

「やめて」

抵抗しても、人質が山ほどいると言われ、すぐ押し倒された。

わななく唇へ、自分のそれを押しつけようとして、首領は怪訝《けげん》な表情になった。ミリアムの顔は当然恐怖に歪んでいる。その瞳に映っているのは、彼ではなかった。

冷たい手が首領の喉を摑み、指の付け根までめりこむほどの力で持ち上げるや、十メートルも離れた壁へと叩きつけた。

それでも首領は床から立ち上がって、侵入者に火薬銃を向けてから、

「てめえ——迷ったか？」

と呻いた。

ゆっくりとこちらへ向かって来る幽鬼のような人影は、オットーであった。

「誰か来て」

叫んだが、反応はなかった。見張りはいるはずだ。

「無駄だよ」

とオットーは言った。胸全体が紅く濡れている。

「あの扉の奥を見たがっていたな。特別に見せてやろう」

ドアへと走ろうとする首領の肩を、青白い手が摑んだ。それだけで首領は動けなくなった。

二人は連れ立って部屋を抜け、ホールの大扉へと向かった。見張りはいたが、気がつかないようであった。

恐怖に見開かれた首領の眼前で、扉はゆっくりと後退し、二人が並んで通れるくらいの隙間を作った。

二人がその中へ吸いこまれ、大扉が閉じるのを、ミリアムは部屋の戸口から見つめていた。

「明日は面白いことが起きる」

背後の声に愕然《がくぜん》とふり向いた。

若い男が立っていた。団員たちの何人かが目撃したもうひとりであった。

「あなたは？」

「〝選ばれし者〟さ」

「…………」

「知らんか、まあいい。知らなくても事態は進んでいく。早いところ出て行けと、あのハンサムが忠告したはずだが、もう遅い。覚悟は決めておけ」

「――Dは何処にいるの？」

「扉の奥だ。彼が甦らせてしまったものを追っている」

「……………」

「だが、向う側は少々厄介な場所でな。彼といえどもそうは簡単に見つからん。そうでなくては、おれも欲しいものが手に入らんが」

「欲しいもの？」

その問いに答えるかのように、若者の両眼が赤光を放ちはじめた。ミリアムの意識はその中に吸いこまれた。

「だが、あのハンサムはなかなかに手強い。おれの目的のために、しばらくおまえの身体を借りるぞ」

陰々たる宣言を、ミリアムはもう聞いていなかった。

3

翌日、首領の失踪が知れるや、ホールは大騒ぎになった。ミリアムと首領が別室へ消えていくのを、見て見ぬふりをしていた見張りが問いつめても、ミリアムは知らないと返した。

いつもとは何処か違う風情の、その違う部分がどうにも不気味なものを感じさせ、尋問はそれきりになったが、代わりに一同で捜せと副首領が命じ、調査団員と野盗たちが城の内外を捜索し抜く羽目に陥《おちい》った。

捜索はしかし、昼までに終了した。内も外も捜索スペースは限られていたからである。

「首領《ボス》が戻るまでは、こっから動かねえぞ」

との副首領の言葉を受けたものの、正直、敵も味方も途方に暮れた。

奇怪な事態が、彼らの生命に関わって来たのは、陽が落ちてからである。

調査団員が渋々と全員の夕食の用意に取りかかったとき、外にいた見張りが絶叫を放った。

武器を手に駆けつけた男たちの前で、見張りは全身を痙攣《けいれん》させていた。何が起きたのか、訊いても無駄だとわかるまで十秒近くを要した。

首から胸にかけて、見張りの身体ばかりか床上まで血の海であったが、首はあった。だが、男の首ではなかった。それは白眼を剝いて、完全にこと切れた首領の生首であった。

しかも、子分たちが胴と首とを分離させようとしても、縫いつけられた痕もない首は、決して胴から離れないのであった。

埋葬場所もないため、やむを得ずホール内に寝かせて、あれこれ究明の談論を行ったが、その糸口さえ発見できなかった。

「ミリアム——妙に落ち着いているが、これはかなりの大事だぞ」

ザックス教授には、この状況でひとり冷静でいられる女が信じられなかった。

この城には自分たちの知識や努力が到底及ばぬ存在が巣食っているのだ。それもひとつではない。

ついに彼は副首領に申しこんだ。

「我々は明日、撤収する。欲しいものは置いていこう」

これに対して副首領は、

「好きにしろ。おれたちも明日おさらばするつもりだ」

応じる顔は夜眼にも白々と血の気を失っていた。

この世でいちばん長く感じられるのは、闇が落ちてから夜が明けるまでの時間《とき》だ。

彼らはすでにそこにいた。ここさえ切り抜ければ何とかなる、とわかっているだけに、それは途方もない恐怖を伴っていた。

肌に針を刺すような焦燥が身体を覆い、かたわらには首領の首をつけた見張りの死体がある。

時々、そっちを見る奴がいるらしく、凄い悲鳴を上げて全員の度肝を抜いた上、こっちを見てるなどと言い出して、重い沈黙に陥らせるのだった。

深夜に入って、調査団のひとりがキレた。

かたわらの野盗の火薬短銃を奪い、ミリアムの腕を取って、

「おれはここを出る。邪魔するな」

と威嚇《いかく》しつつ、戸口へと後じさった。

「よせ」

とミリアムが言った。それが若い男の声だと知った刹那《せつな》、女の手が短銃を摑み、彼の口腔に押しこんだ。男が引金を引いたのは物のはずみだったが、弾丸は脳漿《のうしょう》を散らして彼を即死させた。

「ミリアム⁉」

愕然と立ちすくむ全員へ、短銃を向けて、

「違うよ、おれはライゾンってんだ」

とミリアムは言った。

「〝選ばれた〟おかげで、こんな芸当も出来るようになった。ま、も少し待ちなよ。面白いことが起きるぜ」

身体はミリアムだ。そして、その身体の背後で、別の身体が起き上がった。

首領の首をつけた見張りが。

彼はミリアム＝ライゾンに濁《にご》った死人の眼を据えるや、一気に躍りかかった。

ミリアムは動かなかった。銃を握った手のみが動いた。弾丸は空中にあった首領の頭部を吹

きとばし、床へ落ちた身体はもう動かなかった。

一秒とかからぬこの隙を、副首領は見逃さなかった。腰の短銃を抜くや、ミリアムに不動の直線を引いた。

名状し難い妖気が背中から吹きつけたのも、この瞬間であった。

扉が開いた。

誰もが理解した。

誰もふり向けなかった。

扉の向うから、何かがやって来る。

いま、扉を抜けた。

後ろにいる。

「見ろ」

とミリアムが言った。

全員がふり返った。

わずかに開いた扉の前に、奇怪なものが立っていた。

灰色の長衣を着た男だった。首領と首をすげ替えられた見張り役だ。だが、体つきが何処かおかしい。首と合っていない。

「よくいままで逃げていられたな。だが、やはり、その首では完成とはいえん。〈神祖〉が作り出した最大の成功例よ、奴が来る前におれの首を受けろ」

ミリアムは大股で見張り役の方へと歩き出した。

不意に見張り役が、最も近い野盗に飛びかかるや、両手を頭に当てて、その首をねじ切った。

血の国が出現した。

見張り役は上体のひとふりで自分の首を弾きとばし、血の滴る首を据えた。

だが、新しい首は死んだままであった。

跳んだ。

着地と同時に、今度は手刀が走った。三つの首が飛び、彼はその首をひとつずつすげ替え、すべてを床上へ叩きつけた。

野盗が絶叫を放った。銃声と火線が重なり、弩の弦《ワイヤー》が鳴った。

そいつは確かに心臓に矢と弾丸を受けた。そいつは鉄の矢を摑んで引き抜くや、前方に放った。三人が胸を貫かれて死んだ。

「助けてくれ」

調査団も野盗も先を争って、外へ飛び出した。

副首領とザックス教授、そして、ミリアムだけが残った。

「誰の首が望みだ。〝成功例〟よ？」

ミリアムの問いは、ライゾンの問いである。彼女は自分を指した。

「おれだ、このライゾン様の首だよ。他の〝選ばれし者〟はみな死んだが、おれだけは生き延びた。つまり、不老不死を得るのは、おれ様ってことだろ。その貴族の身体に乗り移ってな。さ、早いとこくっつけねえと、いまのおまえは運転手のいねえ戦闘機みてえなもんだ。暴れまくって死人ばかりが出る。おい、Dよ、聞いてるか。早いとこおれを――」

光がホールに満ちた。

外で稲妻が閃いたのだ。

扉の前に、もうひとつの影が立っていた。

それは影ゆえに美しいとさえ見えた。

生と死の惨たる血の戦場へ、やはり来たか――Dよ。

「おまえをつなぎ合わせたのは間違いだった」

北の冬よりも冷然たる声であった。

「だが、そうしなければ、おまえはまた散り散りになり、新たな復活のための生贄を求めただろう。この場所が最後だ」

「そうはいかねえぜ」

ミリアムが笑った。

「あんた、この女が斬れるかい？」

不意にミリアムが床を蹴った。

Dが身を沈めた。

躍りかかるミリアムの両膝を白光が薙《な》いだ。

男の悲鳴を上げて倒れた両膝から下は、何とその場に残っていた。

絶叫がふっと熄んだ。

前のめりに倒れるミリアムを抱き上げ、Dは神速で立った足のところへ戻ると、ミリアムをその上に下ろした。切断部は重なった。不思議なことに、血は一滴も流れていなかったのである。

「よし」

と左手が言った。そのまま首すじに貼りつくと、ミリアムは眼を開いた。

はっと膝の方を見て、怪訝な面持ちになった。そこには、うっすらと赤い線が残っているだけだったのだ。

軽く足踏みをしてミリアムはうなずいた。

Dはもうそこにいなかった。

大扉の向うに消えていく二つの人影を追ったのである。

「私も」

ミリアムが床に転がっていた火薬短銃を摑んで後を追った。ザックス教授も続く。

扉の向うの光景に、二人は息を呑んだ。

玄関の巨大なホールが、まるで小部屋に思える巨大なパノラマが広がっていた。

天井もある、柱もある。壁もある。だが、どれも途方もなく大きく、途方もなく遠い。近くに見えるのは巨大さゆえだ。

「不可能だ」

ザックスの悲鳴とも取れる声に、ミリアムも同意した。こんな大工事は、人間の知恵とそれが生み出したどんな機械とをもってしても不可能だ。この世界にありながら、この世界の物理法則を逸脱した世界の技術の産物だ。見よ、Dが降りてゆく階段の幅は優に一キロを超える。こんな代物が階段のはずはない。しかも、どうだ。光ひとつない暗黒の中なのに、地下数十キロまで続いていると、はっきりわかるではないか。

二人が階段を降りはじめてから少しして、ガシャガシャと機械が喚《わめ》く音がやって来た。


Dが足を止めたのは、確かに実験室であった。

知識と想像力だけでは決して生まれない面妖な装置の間に、デスクや手術台が並んでいる。

男が二人――首のない長衣姿と、ライゾンだった。ミリアムに乗り移っている間、身体の方は何処かに隠れていたのだろう。首領を捜し抜いた後なので見つからなかったのだ。

「ここまで来たが、首が見つからねえ――そうだろ、D?」

ライゾンは何処か虚《むな》しそうに笑った。

「首がなきゃ、この身体の主はそれを求めて暴れ廻る。いまここで斃して灰にしても、完全体を構成する最後のピースが見つからなかった以上、奴はいつか復活し、今回と同じことが繰り返される。だからよ、おれの首がぴたりと嵌《はま》りゃあいいわけだ。だが、そうなればなったで、おれは不老不死を得た最初の人間になる。同じ願いを持つ奴が、その秘密のおこぼれに与ろうとして追い廻すだろう。うーむ、一生、安穏には暮らせねえなあ。だが、決めたぜ、D。おれは世界最初の例になる。あんたは貴族ハンターだ。人間のおれを殺しゃしねえよな。頼む、そこで見ていてくれ」

ライゾンは右手を首に持っていった。

「よせ！」

左手が叫んだ。

血風が荒れ狂った。

右手に隠し持った山刀を首の後ろに当てがい、左手も添えて一気に押し切ったのだ。

首は飛んだ。

まるで執念の成就のように、それはかたわらの首なし男の首にぴたりと接着した。

白眼を剝いていた顔に、生気と笑いが復活した。

「おお、これが不老不死か。わかる、わかるぞ。おれはいま――」

真紅の光条がその顔面を貫き、血も脳漿も蒸発させた。

ザックスとミリアムが駆けこんで来たのだ。だが、彼らも驚きの表情で背後をふり返っている。

ガシャガシャと近づいて来た。

〝リキヤ〟であった。パイロットは副首領だ。コクピット内の表情は狂気そのものだった。

「そいつが不老不死？　笑わせるな。それはおれが貰う。いま、おまえたち全員を片づけて――」

宣言は途中で切れた。副首領は不老不死の肉体を見つめた。ライゾンの顔が乗っていた。

「不老不死って意味を忘れたのかい？　老いも死にもしねえんだよ」

ライゾンは身をよじるや、右方のパイプとも球体ともつかぬメカに右手を触れた。

ぼっ、と戦闘機は青い炎に包まれた。炎はすぐに散り散りになった。戦闘機は影も形もなかった。

「はーっはっはっは。おれにはわかるぞ、Dよ。〈神祖〉が作った屋敷の何もかもがな。なあ、おれと組んで、ここにあるメカで世界を征服しちまわねえか。出来るぜ」

「ライゾン」

ミリアムが叫んだ。そちらを向いた顔面に、続けざまに弾丸がめりこんだ。

「おいおい、何しやがる？」

ライゾンは眉間の射入孔に指を入れ、ひしゃげた弾頭をつまみだすと、足下へ放った。

「ひょっとして、おめえもおれと替わりたくなったか？　だけど、もう遅い。この身体にはおれだってもう決まっちまったのさ。おまえらが選ぶのは、おれに敵対するか味方になるかどうかだ。いいや、下僕になるかならないかだな」

「真っ平よ」

ミリアムはなお銃口を向けた。

銃声が轟いた。

弾丸はミリアムの背中から入って、右胸から抜けた。

「わしは仲間になるぞ！」

長銃を手に叫んだのは、ザックス教授だった。

豊かな学識者の面影は何処にもなかった。それは欲望に打ち震え、卑《いや》しく歯を鳴らす凡夫そのものであった。

彼はライゾンの下に駆け寄った。

「わしを仲間にしてくれ。そして、不老不死の謎を解かせてくれ。それから二人で世界を――」

「順序が逆だよ、アホ」

老碩学は青い炎と化して消えた。

ライゾンは苦笑した。本物だった。

「どいつもこいつも——いざとなったら、育ちも学問も関係ねえんだな。まともなのはその女ひとりだ。だから死ななきゃならねえ——やれやれだぜ、Dよ」

Dに笑いかけた表情が、突然、恐怖の色に染まった。Dが歩き出したのだ。眼は紅く燃えていた。

「おい、待ちなよ。おれは何もしてねえぜ。そいつらが仕掛けて来たんだ。それに、おれは貴族じゃねえ。おい、落ち着いて考えろ。不老不死の貴族は殺せても、不老不死の人間は殺せねえ。そうだろ？」

「そのとおりだ」

とDは言った。

その右手が一刀を抜いても、ライゾンは動じなかった。不老不死の吸血鬼には心臓を貫かれれば滅びるという大欠陥があるが、人間には存在しない。首を刎《は》ねられても、火で焼かれ、絶対零度まで冷やされても、彼は甦るだろう。

炎がDを包んだ。

青い輝きの中から突き出された刀身は、ライゾンの胸を貫いた。

彼は笑みを止め、それから両膝をついて不思議そうに刀身を見つめた。

「そんなはずはねえ。おれは不老不死なんだ」

「この一件の創出者は、人間の可能性に賭けて成功した——そう確信したに違いない。だが、

やがて気づいた。そうではないことに——歯を調べろ」

ライゾンは血まみれの口に指を当て、歯並びに触れた。

「……これは……」

醜い牙であった。

「不老不死の人間は出来なかった。成功した時点で、貴族に変わってしまうのだ」

「それで……おれの心臓を……何でだ？　どうして、こんなひどいことを……おれ……信じちゃったじゃねえかよ……不老不死の人間になれるって」

二度咳きこんだ。口から血泡が溢れた。

「おめえ……何故……燃えねえんだ……これは〈神祖〉の武器だぞ……ひょっとしたら……おめえ……〈神祖〉の……」

声は最後まではっきりしていたから、途切れたとき、唐突感が残った。

Dはミリアムに近づいた。

すでに呼吸もしていない。その額に左手が乗った。

うっすらと眼が開いた、

「生き返らせることは出来るぞ」

嗄れ声が手の平と額の間から洩れた。

「真っ平よ……これが私の天命よ……素直に従いましょ」

と笑いかけた。

「それより……Ｄ……諦めないでね……人間を」

「当分はな」

とＤの唇が動いた。

「おまえを見た」

「ありがと……光栄だわ……じゃあ、お先……に」

ミリアムの身体から力が抜け、呼吸が止まったのを確かめ、Ｄは立ち上がった。

その冷たく美しい横顔が、幾つもの生と死が胸の何処かに刻まれ、そして、無縁になったと告げていた。

足音もなく、彼はそこを離れた。ひとつの物語が終わったときの、いつもの歩みだった。

『Ｄ―五人の刺客』完

あとがき

今回のDは、私には珍しく――恐らく初めてか、二回目くらいだと思いますが――違うかも――、連作長篇の形を取っています。

いわゆる短篇集とは異なり、同一の主人公が、全篇を貫くテーマに則《のっと》って活躍するのですが、その一作一作が独立した短篇になっているという形式です。

短篇の集合体ですから、一話一話の枚数は少なくなり、読み応えも薄まりそうですが、そうはさせじと頑張ってみました。むしろ、様々な物語を読む楽しみが増えているはずです。お得なんですよ。

私は長篇でデビューし、初期の頃から長篇ばかり書いて来ました（書かされたともいいますが）。後に、長篇を連発できる作家は少ないと聞かされ、ひええと驚きましたが、特に苦労した覚えもありません。

ただ、本音を言えば、いまでも短篇作家、出来ればショートショートの作家でありたいと思っています。

実家では母が『オール讀物』を購入していたくらいで、小説に触れる機会はほとんどなかったのです。

実は漫画家になりたいなあと思って、好き放題書き散らしていたのですが、やはり才能はゼ

ロ。だから小説、とは行きません。試作品もあった（何と、西部小説《ウエスタン》。タイトルも覚えていま
す）のですが、構成力が伴わず、すぐに飽きてしまいました。『オール讀物』を読んでも、よ
くわからない。中学の頃ですからね。
それが、書きたい、これなら書ける、と思ったのは、市立図書館で星新一氏のＳＳ《ショートショート》集を
読んだときでした。タイトルは忘れましたが、四六のソフト・カバー、その中の一篇に、こん
な話が含まれていたのです。
ある冬の夜、しんしんと雪が降る家の中で、老夫婦が一緒にいる子供（孫だったか）の自慢話
をしています。成績優秀、スポーツ万能、山男で老夫婦にも優しい、申し分のない子供らしい。
そこへ強盗がやって来て、二人を縛り上げ、二階へ行こうとします。子供を傷つけないでと哀
願する老夫婦。しかし、二階へ上がった強盗は、いきなり体当りを食らって失神してしまいます。
やがて警察が来て強盗は逮捕、老夫婦は警官に、いかに息子が勇敢で立派だったかを得々と
聞かせます。
その後で、警官のひとりが上司に、こう言うのです。
「おかしいな。あの家の息子（ｏｒ孫）は、何年も前に山で亡くなっているんだが」
外では、しんしんと雪が降り続いています。
ストーリィだけ取れば、よくある怪談ですが、私にはこれが効いた。こんなにも短くてこん
なにもロマンチックな（本当は怖くて哀しい物語なのですが）物語が存在するとは。

こういうものが書いてみたい――そして、星氏の短篇集を次々に注文し、自分でも書きはじめました。勿論、一本も物になりはしませんでしたが、こうして私は星氏を知り、SSに触れ、日本SFに入り込んでいったのです。

それは別の話にしましょう。

とにかく、私は面白い話を沢山書く作家になりたかった。機会は山ほどありましたが、結局、

「あなたは長篇を」

「はあ」

ということになって現在に到っています。向いていなかったのでしょう。

それでも未練はある。アンソロジーに選ばれたものも何作かありますから、才能がないわけではない。要は他に面白い短篇を書く人が大勢いたということです。

今回の「D」は、そんな見果てぬ夢がペンを(まだ手書きです)執らせた一作といえましょう。

読者のみなさんが、いつもより変わっていて面白いと喜んでくだされば、私もいつもより嬉しいです。

では、どうぞ。

二〇一七年七月末

『死霊伝説　セーラムズ・ロット』(二〇〇四)を観ながら

菊地秀行

吸血鬼《バンパイア》ハンター32
D－五人《ごにん》の刺客《しかく》

朝日文庫
ソノラマセレクション

2017年9月30日　第1刷発行

著　者　菊地《きくち》秀行《ひでゆき》

発行者　友澤和子
発行所　朝日新聞出版
〒104-8011　東京都中央区築地5-3-2
電話　03-5541-8832（編集）
03-5540-7793（販売）

印刷製本　株式会社 光邦

Published in Japan by Asahi Shimbun Publications Inc.
定価はカバーに表示してあります

ISBN978-4-02-264843-3